U0727738

中国好美文

大地的芬芳

李建军 著

内蒙古文化出版社

图书在版编目（CIP）数据

大地的芬芳 / 李建军著 . —— 呼伦贝尔 : 内蒙古文化出版社，2023.3
（中国好美文）
ISBN 978-7-5521-2163-6

Ⅰ.①大… Ⅱ.①李… Ⅲ.①中国文学—当代文学—文学评论—文集 Ⅳ.① I206.7-53

中国版本图书馆 CIP 数据核字（2022）第 217896 号

大地的芬芳
DADI DE FENFANG
李建军　著

责任编辑　　白　鹭
封面设计　　鸿儒文轩

出版发行　　内蒙古文化出版社
地　　址　　呼伦贝尔市海拉尔区河东新春街4－3号
直销热线　　0470－8241422　　邮编　021008

排版制作　　北京鸿儒文轩文化传播有限公司
印刷装订　　三河市华东印刷有限公司
开　　本　　880mm×1230mm　　1/32
字　　数　　160千
印　　张　　8
版　　次　　2023年3月第1版
印　　次　　2023年5月第1次印刷
书　　号　　ISBN 978-7-5521-2163-6
定　　价　　48.00元

版权所有　侵权必究
如出现印装质量问题，请与我社联系。联系电话：0470-8241422

目 录

上辑 阅读与欣赏

因为爱，所以爱——读《周维先自选集·别来沧桑事》/ 002

站立的文字与叙述的张力——读徐则臣短篇小说《丁字路口》/ 009

"三姐妹"一根筋——徐则臣小说集《青城》读札 / 016

光阴的故事——评陈武长篇小说《植物园的恋情》/ 024

琐屑与厚重——读陈武中篇小说《吴小丽一周的琐屑生活》/ 028

书写真实的生存行状——陈武中短篇小说读记 / 033

北大荒童话——陈武中篇小说《三姐妹》读札 / 041

困境中需要一束红玫瑰——读陈武短篇小说《送你一束玫瑰花》/ 049

陈武的"行走小说"——由中篇小说《上青海》说开去 / 055

构筑小说的别样风景 / 067

涤荡灵魂的力作——评颜廷君中篇小说集《爱到不能爱》/ 073

飞扬与梦想——评王成章长篇报告文学《国家责任》/ 078

塑造信仰之魂——读王成章长篇报告文学《先生方敬》/ 085

青春的芬芳格外香 / 094

恕心能及物——评杨树军长篇小说《滴滴香》/ 106

妙笔绘春秋——卜伟长篇小说《二营巷》读记 / 119

直面"烦恼人生"的新写实——李岩短篇小说读札 / 133

顽皮少年演绎抗日传奇——读短篇小说《哈瑟的第一枪》/ 143

独具特色的《讲究》/ 147

最是故乡情——评卢明清散文集《猴嘴散记》/ 153

心灵寄处是家园——王跃散文集《小街连云》读札 / 161

蒹葭苍苍故园情——杨红星散文集《风从故乡来》读记 / 170

泥土的芳香　心灵的气息——徐东小说集《大雪》读札 / 177

三言两语 / 190

下辑　记忆与随想

十八岁，敲开那扇门 / 196

寒夜，那旺旺的炉火 / 199

换一种活法 / 204

制　酒 / 208

炒　面 / 212

关于名字 / 216

一路走来——《爱的风景》后记 / 222

旅途随想 / 226

怀念郝炜 / 242

上辑　阅读与欣赏

因为爱，所以爱

——读《周维先自选集·别来沧桑事》

　　《周维先自选集》十卷本是周维先六十年的创作精华，2018 年 4 月由中国书籍出版社出版发行，已在新华书店和京东、淘宝、当当、亚马逊等各大网站热销。

　　《别来沧桑事》是这十卷自选集中的一部散文集。捧读之时，我被深深地吸引，时而为文中人物命运的沧桑坎坷所牵挂，时而为先生真诚挚热的情怀所感动，为这优美典雅的文字而赞叹。可以说，阅读此书，心灵为之震撼，犹如经历了一次爱的洗礼。

　　先生在自选集总序里有这么一段话：我是爱的儿子。我因爱来到人间，也将为爱绝尘而去……于是，我用爱，用生命，用灵魂，用一个又一个白天和黑夜，把一篇又一篇关于爱的故事写在了流水之上……

是的，爱，贯穿了周老的人生；

爱，贯穿了这十卷本皇皇巨著；

爱，也是这本《别来沧桑事》的灵魂！

一

"苍茫之爱"一章，是追忆那些远逝的亲人。

父亲，周鸿宾，曾经的二哥。那是一个在辛亥革命烽火中横刀跃马、冲锋陷阵的英雄。从他在那个包办婚姻的新婚之夜，为追求自由离家出走，轰动整个宜兴开始，就注定了他一生的传奇，也是爱的传奇！

若干年后，在松花江畔的哈尔滨，由朱庆澜将军做媒，已是辛亥革命英雄的周鸿宾迎娶冰城教育局局长的五姑娘。一时万人空巷，争睹英雄与美人的婚礼。当十七岁的何美珠听到司仪报出生辰八字，发现原来她被嫁给了一个比自己年龄大一倍的男人，她一口气上不来，昏厥过去。周鸿宾立即对她实施口对口呼吸急救。何美珠醒来后，只看了他一眼，就无可挽回地爱上了他。

这是爱的传奇。尽管以后的岁月历经沧桑巨变，颠沛流离，悲欢离合，但二哥和五姑娘始终携手人生，相亲相爱。1937 年，他们爱的结晶，也是老小的三儿子周维先呱呱落地。

爱在延续。父子之爱、母子之爱、手足之爱、家族之爱……这浓浓的爱滋养了周维先，伴随他成长，从东台到苏州，到上海，到本溪，到长春，再到鄂尔多斯，最后到连云港。

当然，也有悲伤苦痛，也有家国情仇。

20 世纪 30 年代，汉口大水，银行倒闭，母亲积攒下的一点钱一股脑儿泡了汤。但母亲没有落泪。

十年后，客居东台的家院被日本飞机炸平，全家变成难民，落荒而逃。母亲也没有流泪。

又一个十年后，一家人落魄于本溪，在冷气、煤烟混杂的狭小空间里，母亲落下哮喘的病根，她还是没有流泪。

20 世纪 60 年代，父亲罹患绝症，一年后去世，母亲硬是没有在晚辈面前掉一滴泪。一年中，她日渐消瘦，直至骨瘦如柴，也从不见她哭泣。

那么，母亲是在什么时候流泪的呢？

直至父亲去世的第二年，当周维先将母亲送到杭州，与他的大姑、三姑相见，母亲才跟父亲的妹妹们痛痛快快地大哭一场。

在苦难面前，母亲是周维先永远的老师。

所以，当周维先在"文革"期间被囚，他仍然横下一条心：不管怎么着，要活！不管谁自杀了，我也不能自杀！母亲健在，我能轻生吗？刚刚出生的儿子还没见到，我能只身远去吗？

爱，让周维先挺立起来。

爱，让周维先熬过漫漫长夜。

爱，给予了周维先后半生的辉煌！

二

"致有为"是写给同学一年、相知一生的少年好友王有为的九封信。以这种书信形式写作，更适合追忆、倾诉和表达情怀。

七八年前的一个冬日，我在《连云港日报》副刊上读到其中的《寻找往日》这一篇。记得读完之后，我禁不住潸然泪下，默坐良久。我被先生优美的文字打动了，被他对亲人深深思念的温馨回忆打动了，被他对童年、对故土的绵绵情思打动了。后来我把这篇美文转载到自己的博客上，在前面写了这么一段话：周先生是我敬重的长辈和老师，此文读后让我感叹良久。大家，真正的大家风范！先生还有一些忆旧散文发表在《雨花》杂志上，只要看到，我也都是细细仰读。

多年之后的今天，再读这九篇书信体美文，我依旧心潮澎湃。

跟随先生的追忆，仿佛走进了被岁月浓缩的姑苏古城，凤凰街、船舫巷、沧浪亭、定慧寺……让人浮想联翩，对先生的童年有了更多更深的了解。

接着，从水巷纵横、粉墙黛瓦的优雅之地，走进被重重大山团团包围的钢城本溪，聆听少年周维先吟唱"共青团员之歌"和苏联歌曲——"再见吧，妈妈"，看到英俊少年把平生第一首情诗《女神》夹在书页里，悄悄送给了住在溪湖半山腰上的同窗女生任素斌，看到了他们近一甲子的相爱相守。

再接着，在书香浓郁的东北师大文学院，在长春南湖，在净月潭，在自由大街，我们看到那个风流倜傥的青年学子是何等的意气风发，也看到那个书声琅琅百花如云的黄金时代如何在一夕风雨之后繁华落尽黯然收场。

还接着，那个二十一岁的后生毕业去了内蒙古，本意是流放发配，但满目荒凉的鄂尔多斯却成了他的疗伤之地。那些质朴的学生，明澈的眼睛，忧伤的长调，燃情的舞蹈，浊浪排空的黄河，善良剽悍的牧人……成了他一剂又一剂良药。他居然在异乡找到了故乡的感觉。很久以后，那乡愁竟浓得像酒，醇厚而悠长。

哦，这是一种无以言表的大爱呀！

因为这大爱，才会有三十年后的六十万字的长篇小说《鄂尔多斯之恋》。这就是爱的回馈。

三

"逝水墨痕"一章，就是写爱的回馈，命运的馈赠。

年轻时光一路蹒跚走过，头顶上那穹庐像一口大锅扣得死死的，可先生顽强地活了下来。几十年坎坎坷坷，让他学会爱，珍惜爱，却无法让他学会恨！这个世界上有没有坏人呢？季羡林先生的"坏人定律"有云，坏人是有的，是天生的，坏人是不会改好的。周维先出身名门，父母遗传给他高贵的基因，用爱抚育他成长，他的善良天性永远不会改变。他又把爱的种子、爱的启蒙、爱的信息、爱的艺术传播人间。

四十不惑，他激情喷发，创作了江苏省在粉碎"四人帮"后第一部大型歌剧《月亮花》。为了"月亮花"的开放，他至今深深感念那些爱他和他所爱的人。

紧接着，电影剧本《长相知》历经一场艰难跋涉，在《电影新作》上发表，并由上影厂辗转至安徽厂搬上屏幕。那个相知故园、如兄如父的王士桢主编，可否听见周维先由衷的感佩？

连云港，山海相拥的东胜神州，先生将父亲的衣冠与母亲的遗骨合葬在青龙山上，这里因此成了他的家乡，他的福地。在这片古老的土地上，他生了两个儿子，儿子又生出两个儿子；他创作了一部歌剧、三部电影、十余部电视剧，都是关于爱的作品。《夏之雨·冬之梦》是为老人，《早春一吻》《小萝卜头》是为了孩子，《花开有声》则是为残疾人。

花落无言，人淡如菊。逝水之上，先生留下了重重的墨痕。

《小萝卜头》让先生捧回了金鹰奖和飞天奖奖杯。

《早春一吻》入围第 14 届中国电影金鸡奖，获评委会特别奖。

《梅园往事》《花开有声》在央视黄金强档热播，好评如潮！

先生也因此获得江苏省劳动模范、江苏省十佳电视艺术家、中国百佳老电视艺术工作者、江苏省文联 60 周年艺术贡献奖、连云港市文联 30 周年终身成就奖等殊荣。

先生的影视作品在此不敢妄论，仅就这部散文集而言，其文字呈现了难以企及的高贵品质，可谓高山仰止！

多年以前，我的挚友张亦辉说：他，是行走在大地上的上帝！

这个人，就是周维先。

站立的文字与叙述的张力

——读徐则臣短篇小说《丁字路口》

　　《丁字路口》是徐则臣"鹤顶侦探"系列短篇小说的第二篇，发表于 2021 年第 1 期的《芒种》，《小说选刊》和《小说月报》第 2 期都作了转载。徐则臣在创作谈中说，一部长篇写完，通常会写几个短篇，"短篇小说一直是我的实验场"。不过，按照构思和写作顺序，这其实是"鹤顶侦探"系列的第一篇。另一篇《虞公山》，发表在《芳草》（文学双月刊）2020 年第 3 期，也被多家选刊选载，并荣登这一年的各种文学排行榜。

　　徐则臣在接受《中国青年作家报》记者访谈时坦言，相比于长篇和中篇，他对短篇小说有一种特别的偏爱；短篇小说如同在螺蛳壳里做道场，想在这个狭小空间里把道场做丰富，就要不停推敲、打磨、删改，直到里面的字不是趴着、躺着、坐着，而是精神抖擞地站着。"短篇小说就是让每个字都站在纸上。"《丁字路口》的写作先于《虞公山》，发表却迟于后者半年之久，其文字结构想必经过了一番精心打磨。

鹤顶与花街一样，是徐则臣虚构的一个运河边的小镇。《丁字路口》的故事就发生在鹤顶这个小镇上。徐则臣说："所谓'侦探'，取它的修辞与形式；我对波诡云谲的案中案、匪夷所思的奇中奇没兴趣，我关心的是特殊身份人物眼中的人、河流和世界。"

小说以第一人称"我"的视角展开。"我"，仝所，鹤顶镇派出所所长，面对的是抬头不见低头见、出门不是亲戚朋友就是邻居的熟人社会。派出所大院的地盘是前任所长老刘争来的，"我"的办公桌也在老刘坐过的位置。这个位置很重要，镇上的两条主街道——南北向的滨河大道和东西向的大运河街，就在派出所门前碰了头，形成"丁"字路口，两者交会在"我"脚底下。"我"坐在三楼的办公室，对着窗口"看那八面来风"，半个鹤顶尽收眼底。

最先出场的是老杨的女人。她扎了条紫纱巾，扭着屁股，从她家的巷子里转到滨河大道。"我"看她第一眼，就知道她又来找"我"了。果然，她轻车熟路就进到"我"的办公室，通报了一件事：林秀她弟放出狠话，要灭了苏东！

小说写到这里，已经形成了一个悬念，一种叙述的张力。

林秀是谁？苏东是谁？林秀她弟为什么要灭了苏东。

林秀，大名杨林秀，是老杨家的姑娘；林秀她弟，毫无疑问，是老杨家的儿子；苏东，是苏家的儿子，林秀的对象。这么个密切关系，为何产生如此尖锐的矛盾，要大动干戈？看热闹的不怕事大，读者的口味被吊起来了。

洪治纲在《叙述的张力》一文中阐释：一部小说并不仅仅是语言的简单组合，它是人物、事件、时空场景等多种因素的有机结合。这些因素的内部诸方面并不相同，常常是互相对立、互相制约而又互为依存的，因此存在着各种各样的张力。从叙述方式上看，这种张力不但影响着作家对作品结构的设置安排，还影响着作品内在审美意蕴的丰富与深广。优秀的小说家常常在极有限的篇幅内巧妙地设置各种张力效应，以增加作品的内在深度。

随着短篇小说里故事的概念和形态发生变迁，徐则臣提出："我们需要去探求如何变形故事，也就是换一种讲法。过去我从早上讲到晚上，现在我试试从中午开始讲，讲讲后面，再讲讲前面；从三分之二黄金分割点开始讲，往后讲两步，又往前讲一步，再往后讲两步，又往前讲一步，这会让小说结构特别好看。"

小说以下的操作印证了徐则臣的探求。故事正是从"三分之二黄金分割点"开始讲起。

"杨家和苏家本来有一桩好姻缘，苏家有男，杨家有女，在两条街上都算个人尖子。"杨林秀长得好，心眼又不坏，确实是镇上一等一的人才；苏家买了辆中巴车跑客运，从鹤顶到花街再到淮海，这条线上的钱被他们家挣了一半。俩孩子在一起，怎么看怎么好。

可是，天有不测风云，离奇的灾祸发生了：杨家姑娘被苏家儿子开车给撞了！那天，"苏东从巷子里开出中巴，林秀等在滨河大道边上……三辆电驴子跟噩梦似的嗖的一下从苏东车前飞过去，苏东本能地打右轮躲避，撞到了他对象身上……"

林秀断了一条胳膊，头脑也坏了，在医院里躺着，只睡不醒，医疗费一天天多起来。苏家有点扛不住了，这不死不活可是个无底洞呀，想撒手不管了。"杨家当场就跳起来，凭什么？去你们家时还活蹦乱跳的，现在躺着不动你们就想撒手？"

老苏两口子不敢吭声了。苏东算是有良心，"必须治，订了亲了，就算没领证过门，也是苏家的人；人还是自己撞的，谁都可以撂挑子，他苏东不能"。治了一个月，林秀睁眼了，然而也只是睁眼闭眼，眼里空空荡荡。医生说，差不多就这样了，回去吧。

女儿回家半个多月，老杨女人找到派出所，要派出所给杨家做主。原来，两家协商好规矩，苏家要跟每月发工资一样，准时把生活费和护理费交过来，但苏家并未履行约定，以种种理由推托不给。后来，"我"让派出所一位副所长带队上门调解，苏家才结结巴巴、短斤少两、勉勉强强地给个三五百元。而且，苏东在爹妈的阻拦下，也不上杨家的门了。

林秀这边却出现奇迹：先是眼珠子转得快了，然后身体一点点能动了，并且能在床上坐起来了……接下来，又出了更新奇的情况：老杨女人给女儿换衣服，发现她肚子大了——明摆着是苏家的种！

苏家纠结了——喜事，先怀着；但林秀的眼神是散的，终究是个傻子。于是，传出街谈巷议，老苏两口子紧锣密鼓地给儿子找对象了。

老杨家当然不答应。老杨女人找到"我"的办公室。"我"安排副所长和女警员再到苏家调解，仍然无功而返。"我"提着烟酒找前任所长老刘讨主意，老刘点拨了"我"一句"心太软"。"我"的态度硬朗起来，让人把媒婆叫到派出所，提醒她不准掺和苏家儿子找对象的事。

双方刚消停了一阵，又有两件事前后脚，把平衡打破了。一件事是，老苏还是替儿子相中了一个对象——棉花庄村小学何校长的女儿；另一件事是林秀生了，顺产生了个女孩。但是，林秀母女俩从医院回到家两天了，苏家居然没一个人上门——据说那两天苏家在布置新房，苏东要跟何校长的女儿结婚了！

这件事直接刺激了林秀的弟弟林深，他放出狠话，要灭了苏东。

小说这时候回到了开头设置的悬念。叙述的张力反复绷紧后，也将予以释放。

徐则臣曾把短篇小说的写作类比为飞人博尔特的短跑：当跑到三分之二路程的时候，博尔特就会开始减速，靠这个速度维持到结束，整个人的状态特别轻松，但速度依然很快。短篇小说也是这样，如果一直加速，到结束就会掉落悬崖，这时候就需要一个缓冲，用这个缓冲既让速度慢下来，同时又不是戛然而止。

林深果真出手了。他是镇上资深的"电驴子党"。"林深把摩托车横在路中间。苏东的车开过来，想绕过他。他往哪边绕，林深的电驴子就往哪边开，精准地堵在他前头。几个回合，路口就聚了一堆人……他（林深）松开刹车，突然加大油门，周围惊呼声一片，电驴子爬到了苏东身上，第一个着力点是苏东的两腿之间……苏东双手捂住两腿之间，蜷在地上像条蠕动的虫子，最后缩成了一个圆圈。"

老苏女人和老杨女人又三天两头来"我"办公室，像是商量好似的，从不会同时出现。"我"心里倒有个小九九，希望她俩一起来，那样，"本所长倒是有个建议：别折腾了，二一添作五，一块儿过吧，娃儿有了亲爹，苏家也算有后了。话糙理不糙，仅供参考啊"。

又一个夜晚，"我"坐在办公桌前，窗外月光下的滨河大道上，出现了两个缓慢移动的身影。"从背影上看，一个瘦高男人，一个丰腴的女人，男人怀里好像抱着个东西，两个人影通过女人的一只手臂连在一起，女人背着一个包裹。他们向道路尽头的运河走去。"

第二天一大早，全所长的办公室被"四个拳头一起砸门"——老苏女人和老杨女人难得地同时来了。

一个说，苏东失踪了。

一个说，秀儿和娃儿也不见了。

"我"已经洞察明了，昨夜，那一男一女怀抱娃儿，无怨无悔地去追求属于自己的幸福生活了。所以，"我"不惊不乍、不慌不忙地说：怎么办？找呗。

小说到了最后，给出了一个温馨的、幽默的、让人会心一笑的结尾。

作为唯一一位既获得茅盾文学奖，又获得鲁迅文学奖的"70后"作家，徐则臣被誉为"70后作家的光荣"。《丁字路口》以特殊视角，透析鹤顶小镇一起离奇车祸引发的两家人的矛盾纠葛；以力透纸背的扎实文字，近乎完美的叙事技巧，关注鲜活的社会生活，揭示道德与情感的冲突，显示了作家超强的创作实力。

"三姐妹"一根筋

——徐则臣小说集《青城》读札

西夏、居延、青城是徐则臣三部（篇）中短篇小说里的女主人公，也分别是这三部（篇）小说的篇名。中篇小说《西夏》写于 2004 年（准确地说，是 2 月 28 日凌晨完稿），发表于 2005 年第 5 期《山花》，被《小说选刊》转载；中篇小说《居延》发表于 2009 年第 5 期《收获》；短篇小说《青城》原发于 2019 年第 4 期《青年作家》，后被《小说月报》转载。2021 年 10 月，这三部（篇）中短篇小说相聚到一起，结集成书，名《青城》，由北京十月文艺出版社出版发行。

"三姐妹"相聚

这三部（篇）小说的写作、发表，在时间上跨越了十五六年，历经时光流逝、岁月磨砺，它们之间相互形成了某种重要关联，它们的结集出版具有非同寻常的意义。

如前所述，三部（篇）小说的主人公都是年轻女性，小说又都以她们各自的名字命名。三个哀伤又清澈的爱情故事，讲述了三位女性的情感遭际。以小说的写作时序和她们的年龄差异，我们顺理成章地把这三个女子称为"三姐妹"。正如在此小说集的"作品专访"中傅小平（《文学报》记者、编辑）所言："'三姐妹'是世界文学人物画廊里的经典组合，像国外契诃夫的戏剧《三姐妹》等，国内毕飞宇的'玉米'三部曲等，读者都比较熟悉。"

徐则臣在《青城》创作谈中坦言："写作者常有莫名的执念。写完《西夏》和《居延》，总觉得还得再有一篇小说和一个人，这个人叫青城，她来了，'三姐妹'才算齐了。为什么叫青城，我也说不清楚。很多年前去峨眉山，蜿蜒的山道转得我头晕，心里冒出一个词：青城。西夏、居延、青城，三个词放在一起多么合适，'三姐妹'聚在一起多么美好。"

西夏，是我国历史上在西北部存在近两百年的一个神秘王朝；居延，是汉唐以来西北地区一处军事重镇；青城，当然是指地处成都之西的道教名山青城山。如此看来，"三姐妹"的名字及小说的篇名跟历史与地理有关，"天然就有一个历史和文化的纵深"，可谓大有来头，颇具深意。三人的名字也似有某种暗示，跟她们在小说中最终展现的经历与命运形成契合。"文学三姐妹"的团聚，构成了或隐或现的关联性和共通性，关于爱情，关于幸福，关于精神……

"三姐妹"一根筋

《西夏》的开头，像一个聊斋故事。"我"，王一丁，北漂青年，开一间小书店，租住在北大西门外承泽园一处"门前有棵老柳树"的破平房里。21世纪初的某一天，突然有一个"天上掉下来"的哑巴姑娘西夏闯入"我"的生活。西夏的出现神秘、突兀甚至可以说是荒诞，唯一的信息就是一张纸条上写着："王一丁，她就是西夏，你好好待她。""我"从派出所里领回西夏，发现西夏不仅清秀美丽，而且勤劳贤惠，任劳任怨，正符合"我"一直喜欢的样子——金色麦田里的女人。"我的女人应该就是这样。"

当然，西夏让王一丁动心，让他接纳，最后让他害怕失去她，是一个渐进的、一波三折的过程，是因为她的刚强、隐忍、奉献，是她"一根筋"的执着赢得的。

因为房东家二百元钱"失窃"风波，王一丁将西夏赶出门，后来发现这纯粹是一场误会，他的内心极为不安，连夜上街寻找。找了整整一夜，在老柳树的树洞里找到了西夏。但是，面对"突如其来又不明底细"的西夏，"白天是爱情，夜里是欲望，搞得我心力交瘁"。"对她的爱情和欲望是如此强大和新鲜，足以把我一点不剩地毁掉。"王一丁决定出去走走,但西夏"把我的胳膊抓住了,她要和我一起走"。他在火车站耍了个小聪明,"车轮即将转动的时候我跳下了车",把西夏一个人扔在去往南京的列车上。"西夏终于走了,我一点都高兴不起来,……整个人好像失重了,身心一下子空空荡荡……"

西夏又自己找了回来,"见到我就大哭起来扑到我怀里"。两人合二为一后,西夏成了王一丁的爱情伴侣,给孤独的他带来了家的归属感。最后,他放弃了对西夏不能开口说话的病症的医治,因为"我比任何时候都爱这个打小呼噜的女人,也比任何时候更惧怕她的真相"。"我"对她说:"我害怕你说话,怕失去你。"两个孤独的漂泊者,彼此需要,彼此温暖,有了长久走下去的动力。

《居延》的开头,也是一个充满偶然性的事件。房产中介销售员唐妥与居延的相遇,颇有些"英雄救美"的意味。居延到北京寻找无故失踪的"爱人"胡方域,唐妥出手相助,发现两人不仅是老乡,还有家乡城南那个破旧体育场留给他们相类似的悲情记忆。

胡方域是个已婚的大学哲学系老师,讲课时引经据典、口若悬河,把前来旁听的中文系女生居延迷住了,年龄相差二十岁的他们像"做梦"似的发展成了师生恋。后来,她毕业了,他离了婚。居延不顾家人的反对,跟他同居在一起,还在他的撺掇下办了停薪留职手续,回家"做了全职准太太"。然而,某天晚上,两人一起在那个体育场散步时,胡方域说去买包烟,就毫无征兆地消失了。居延报了案,登了寻人启事，一个月过去了，仍然杳无音信。就因为"胡方域说过很多次，早晚去北京"，"以他的水平，理当出入北大清华"，居延便义无反顾地到北京来寻找他。但是，这是她第一次来北京，"除了寻人的坚定决心之外，剩下的主要是茫然和恐惧，如同陷进了无边无际的沼泽地里"。

唐妥"决定认真帮助居延"，是因为"两个沦落人相遇他乡"，因为他们共同拥有一个承载着悲情记忆的破旧体育场。从帮居延找出租房，到一起散发寻人启事，再到托人情为居延找工作，唐妥可谓尽心尽力。当居延自己找到一份"老本行"教书工作时，唐妥更为她由衷地欢欣鼓舞。

居延为了能在北京立足，持续寻找胡方域，原本就是教师的她通过试讲、上课逐渐得到教培机构和学生家长的认可，她也在拼搏中逐渐找回了自我。大年三十晚上，"窗外的焰火源源不断，像一棵绚丽生长的树……"就是从此刻开始，她在胡方域的阴影下走出了第一步，她的悲欢喜乐不再与这个男人有关了。也就在第二天——大年初一的晚上，唐妥坐了十几个小时的车赶回北京，出乎意料地出现在她面前。两人水到渠成地完成了灵与肉的结合。

这部小说的结尾，居延虽然和胡方域相遇，但也只是擦肩而过，心如止水。她彻底放下了和胡方域的过去，选择了来自唐妥的爱。相比于西夏，居延既入世又出世，既有执迷的追求，又有果断的放弃；她从"无我"到"自我"，从"不能自立"到"自立"的故事，蕴含着思辨的光芒，给读者带来更深层次的人生思考。

　　跟《西夏》一样,《青城》依然采用男性第一人称的方式讲述故事,作为叙述者的"我"始终没有姓名。故事围绕"我"、老铁和青城三人展开。"我",是京城某报社外派成都筹备子报的工作人员;老铁,原是某师专的美术老师;青城,曾经是老铁教过的学生。这三个兼具艺术禀赋的"文化人"居于同一屋檐下,产生了不同寻常的情感纠葛。

　　老铁和青城不是夫妻,但也非狗血插足或婚外恋式的组合。在老铁最落魄的时候,青城成为他的慰藉,两人一起来到成都重新开始新的生活。但这个开始并不如意,老铁到成都三年来不停咳嗽,始终医治不愈,这让他们的生活陷入困顿与迷茫。这时,"我"以合租者的身份介入了他们的生活。"我"目睹了青城对老铁的日常照料,看到她虽有独立的内核和无限的潜力,可仍然一根筋地、自我牺牲式地肩负起老铁的起居,承受他的暴虐。在她身上,近妖的灵性和近神的母性交织,迸发出强大的生命能量。

　　"我"的强健的身体和极高的书法造诣吸引了青城,给青城寡味的生命开启了新的栖息地。因为向"我"学习书法,青城与"我"的接触多起来,两人进而相知相惜。借外出看鹰之际,"我"与青城共享了一夜睡袋里的肆意缠绵,萌发了一场柏拉图式的爱情。然而,老铁更需要青城,就算是看到那晚青城和"我"在杜甫草堂手挽手、相互依偎的场景,他也选择了沉默,并在草堂前画了一晚上的水墨画,最终晕倒在一块石头上。"我"理智地抽身而去,搬出合租房,随之由报社安排撤回到北京;青城也在与"我"朦胧的爱情中陡然清醒，回归老铁身边。相较于西夏和居延，青城的感情比前两人多一种母性，这种母性甚至超过了爱情，或者说她的爱情更加成熟；她更明白来自爱情的责任和牺牲，清楚自己想要什么，又背负什么。于是她放弃了各项条件均优于老铁的"我"，继续和老铁走下去。

在《青城》这篇小说里，老鹰的意象多次出现。鹰代表着自由与远方，追逐鹰的羽翼也一直是青城的夙愿。让人印象深刻的是，"我"与青城一起去看老鹰，青城兴奋地喊哑了嗓子。"飞翔的老鹰"这一极具冲击力的动态意象，冲破了成都灰蒙蒙的天空。青城对美好爱情的渴望、对梦想的追求，呼之欲出。

"三姐妹"的精神升腾

"三姐妹"的名字寄托了徐则臣的某种历史文化情愫，她们的故事更与徐则臣自己的人生阶段存在着隐秘的关联。写作《西夏》时，徐则臣二十六岁；写《居延》，他三十岁；写《青城》，他四十岁了。在不同的年龄段，或者说人生阶段，他对女性、爱情与婚姻有着不同的理解。徐则臣自己也说：这三个人物，写起来有一种越来越复杂、越来越宽阔、越来越博大的感觉。

"三姐妹"都天生丽质，心灵手巧，也都有一根筋的执着或者说天真的一面。西夏像是从天而降，"她活得像个玻璃人"，她对王一丁完全是一种依赖关系；到了居延，则有一个精神成长或者说在爱情里找到自我的过程；青城更"有种宽阔的牺牲精神"，"她的内心既有不羁的、狂放的、热烈的一面，又有回到现实里担起责任、义务和恩情的一面"。

评论家张莉认为：经过时间的淘洗，他（徐则臣）对男女关系复杂性的理解，已经不是二元对立的思考了。他写出了今天这个时代的女性更为复杂的生存状态，一方面你能感受到她们身上的美好、奉献，同时你也可以看到她们身上的那种非常刚性、非常有骨头的一面。……西夏、居延和青城，她们虽然受困于某种困境，但是在细微处可以看到她们对自身命运和困境的反抗。

"三个女人，三种爱情"；"每一场风来，她们都得摇晃，梦想、尊严、现世的安稳与幸福，经不起摇晃几次就散了架"（《青城》封面语）。徐则臣的写作一直没有游离于最广大的底层民众的日常生活，他总是与自己笔下的表现对象同呼吸共命运，总是以自己的心灵去真诚地体味他们的悲欢离合，感受他们的喜怒哀乐。"三姐妹"的爱情故事，道尽了她们的艰难、辛酸、迷茫与坚执，写出了她们的正直、坚韧、善良与仁爱，也给中国当代文学女性形象的塑造提供了颇有价值的范本。

光阴的故事
——评陈武长篇小说《植物园的恋情》

陈武是我多年的朋友。多年来，我一直关注他的创作，用时下流行的说法，算得上一个铁杆"小武粉丝"。近年来陈武的新作如雨后春笋般层出不穷，连我这样的超级粉丝都应接不暇。不久前，我们在一起粗略一算，陈武创作的短篇小说已达一百余篇，中篇小说四十余部，长篇小说四部，加上散文、随笔、书评等，竟有五百万字之巨。这在连云港市作家中可谓首屈一指，在全省也不多见。

陈武的小说不仅数量众多，质量也堪称上乘。迄今为止，他的中短篇小说多次被《小说选刊》《小说月报》《中篇小说选刊》《中华文学选刊》等选载，并入选各种小说年选，中篇小说《换一个地方》更是获得了江苏省文学最高奖——紫金山文学奖。

《植物园的恋情》发表于《作家·长篇小说》2007年冬季号，是陈武继《我的老师有点花》《废品收购站的初恋和其他哀伤》《连滚带爬》之后的第四部长篇小说。如果把陈武的小说大致分为两类，一类为现实题材，一类为怀旧题材，或者一类为城市题材，一类为乡村题材，那么这部《植物园的恋情》都应属于后者，而发表于《钟山》并由湖南文艺出版社出版的《连滚带爬》则属于前者。《连云港日报》的王成章在读过《连滚带爬》之后给出的评论是几个"越来越好"。我在读完这部《植物园的恋情》后，与成章兄颇有同感，我从内心深处发出赞叹：陈武的小说真的越来越好看，越来越耐读了；他就像一名老练的骑手，驾驭这两类不同的题材，都是那样的得心应手，那样的轻车熟路。

当然，论起阅读的偏好，我更喜欢陈武的乡村、怀旧类小说，譬如这部《植物园的恋情》。陈武用罗大佑的两句歌词作为这部小说的题记，"流水它带走光阴的故事改变了我们，就在那多愁善感而初次回忆的青春"，这样的开头立马就让我的心静了下来。是啊，有多少"光阴的故事"正是我们这代人共同经历、感同身受的啊，这样的文字可以直抵我们的心灵！正如陈武所说的那样："我怀念植物园那纯朴而原始的情感，那真实的爱与恨、善与恶、恐惧与欢乐、愧疚与赎罪，在浮华的现世中，恐怕再也无法体味那种感觉了。"那就让我们阅读这部《植物园的恋情》，让我们走进陈武用文字构筑的乐园，重温"光阴的故事"吧。

　　陈武无疑是个讲故事的高手。他的小说之所以好读耐读，是因为他拥有高超的构造故事的能力。他的小说语言平缓、流畅、不动声色，但隐藏在此表象下的故事主体却似一条暗河。这条暗河曲里拐弯，还有诡秘的动物游荡其中，这就让你的阅读欲罢不能，充满了期待。《植物园的恋情》以一个刚刚辍学的懵懂少年的视角，为我们描述了二十年前一个看似缠绵实则惊心动魄的故事。植物园里阴森、恐怖、动物凶猛，泛滥着无序的性爱和无知的情感；各色人等的命运随着故事情节的展开险象环生，充满惊悚悬疑。直至文章结尾，所有的谜底才尽数揭开，然读者心中的波澜久久不能平息，禁不住要为他的绝妙构思击掌叫好。

　　《植物园的恋情》的语言延续并发展了陈武小说一贯的风格：流畅、幽默以及浓郁的地方特色。陈武早期的小说语言得益于他对先锋作家的大量研读，得益于他内心的敏感和对生活的细微观察，文字清新富有灵性，有一批作品与苏童的早期作品颇有神似之处，"鱼烂沟"系列可以对应于苏童的"枫杨树"系列。但陈武小说中的"纯真"或者说"懵懂"之美，以及由此衍生出的诙谐幽默却是他所独有的。陈武的乡村、怀旧小说里的角色都是些小人物，这些生长在苏北农村的小人物大多天性善良，懵懵懂懂，不谙世故，无知者无畏，当他们置身于缤纷繁杂的世界，免不了动作夸张，左冲右突，妙趣横生。读陈武的小说，你会常常笑出声来。

　　摘录《植物园的恋情》中两段人物描写，来见识一下陈武的文字功力。"崔园长的身高有一米九，皮肤像山芋皮一样红里透紫，他像我们植物园生活区大院里那座高大的锈迹斑斑的水塔，或者说，他和水塔，如同亲兄弟一般……他费力地眯眼，似乎把目光聚小，聚成一条坚硬的线，来穿刺我的心脏。""大白牙"出场："女人很胖，磨盘一样的大圆脸，她也在向我这边张望。她也看到我了。她惊讶地说，噢哟，认错人了，不是老丁啊？女人跟我抱歉地哈哈大笑着，转身离去了，她肥胖的身影在树丛里一跳一跳的。"读了这样的文字，"崔园长"和"大白牙"是不是已经活灵活现地走到你的面前？

陈武的小说大量地使用了东海方言，或者说海属地区的方言。我个人认为，如果论起文学对海属地区方言的传承和贡献，陈武凭借其洋洋洒洒四百万字的小说行世，在本地区尚无人能比！《植物园的恋情》中方言的运用比比皆是，准确到位，读来亲切自然，这里就不作列举了。

巴尔扎克说过："君王统治人民不过一朝一代，而文学艺术对时代的影响会延绵几个世纪，甚至永远……"在此，我们热切地期盼陈武继续写出能够"延绵几个世纪，甚至永远"的文字。

琐屑与厚重

——读陈武中篇小说《吴小丽一周的琐屑生活》

　　经历了三四年的平静和休整，陈武的小说创作再度发力，先是《火葬场的五月》被《中篇小说选刊》以头条选载，接着《支前》和《吴小丽一周的琐屑生活》在《小说选刊》梅开二度。作为一个在省内外颇有影响的实力派作家，陈武小说创作的回归及其题材上的创新，引起了文坛的瞩目。

　　《吴小丽一周的琐屑生活》发表于今年（2015年）第7期《湖南文学》，《小说选刊》随即在第8期予以转载。正如篇名的释义，这部小说描写的是小学教师吴小丽一周的琐碎生活。从周一写起，吴小丽的生活被作家事无巨细地铺展开来：她清晨五点多钟便惺惺懂懂地起床，然后一手牵着九岁的女儿，一手提着布袋，紧走慢赶地出了小区，换乘不同车次的公交，从城里赶到任教的乡镇小学——洋浦小学。当公交车路过枫林路口的小树林时，她的脑海里有一段闪回，那是她和区文广新局局长黄新疑似暧昧的交往经历。对了，吴小丽还是个好学上进的青年书法家，与黄新交往，她有个功利性的目的，想借助黄新的关系，调到市书画院。尽管她知道，这个想法有点虚幻和不切实际，她也知道黄新想要什么，但还是身不由己地跟他接触。

小说的开篇看似絮絮叨叨一地鸡毛，实则是作家的精心布局。各色人等粉墨登场，人物的性格特征、关系构架显现雏形，关键是吴小丽的内心冲突也随之打开，小说的厚重内涵便在琐屑的表象之下渐渐凸现。陈武的小说语言鲜活灵动，风趣幽默，虽然写的是琐碎生活，但从容不迫，充满自信，读者一旦进入阅读状态，便会被牢牢抓住，渐入佳境。

那么，接下来从周二到周末，吴小丽又做了哪些琐屑之事呢？周二上午，住在洋浦村老家的吴小丽跟数学老师调了课，进城到瑞雅轩书画店送扇面，店主周师傅帮她卖些字画，让她挣点小钱（一张扇面三五十元而已）。就在这个时候，黄新打来电话，把周师傅臭贬一通，还到车站接送吴小丽，无非又是一番诱导和暗示。从吴小丽与黄新、周师傅等人的交往中，我们看到了她日常生活的另一个侧面，这是有别于教师生活和家庭生活的另一种生活，她所接触的也是有别于小学同事的另一群人。也许这就是一个小城市书画界的缩影，光怪陆离，鱼龙混杂，这么一个真诚孤傲的文弱女子要想在此崭露头角，实现自己的艺术家之梦，要付出怎样的代价啊！看到这里，我们已经有些心疼吴小丽了。生活的细部是最能触动人心，让人感同身受的啊！

周二晚上，吴小丽像往常一样，先检查女儿的作业，再练练书法和古琴。但是，同丈夫陈大华的通话，却牵扯出两个重要信息：一是陈大华得到了公司副总郭蓓蓓的赏识；二是他们的夫妻之事已经变得毫无激情，像是例行公事，因吴小丽来了"特殊情况"，本周三的"例行公事"也将临时取消。

周三，作家给我们展示的其实是一个小学教师的"非日常生活"。打扮得跟新娘子一样的大朱老师出人意料地打扫卫生，市教育局孔局长突然驾临洋浦小学检查工作，以及大朱老师与孔局长对视时深情款款的眼神，这些事情都是"非日常"的，平时碰不到的。而无意中窥见的隐秘让吴小丽精神恍惚，突然感到"生活变得好复杂"。

到了周四，前一天的种种怪象得以揭晓，原来貌不惊人的大朱老师早就付出更实际的代价，攀上了孔局长，她也就时来运转，即将从偏僻的乡镇小学调到市区，而且直接进入市教育局教研室。这无疑让吴小丽的心情更加纠结。当天下午，吴小丽在装裱店巧遇书画掮客古一玄；周五，她开工抄写《海湾赋》。这些看似漫不经心的闲笔，实际上是对小城书画界乱象更深的揭示。

别人的周六是用来休息的，吴小丽的周六却要为生活打拼，要给三个书法班的孩子教授书法。但是，这个周六却发生了两件大事，犹如晴空霹雳在吴小丽的头顶炸响。一是四天没有消息的黄新被市纪委双规了，她多年的努力（就差上床了），托付于他的调动进城的事也就宣告泡汤；二是她下午提前回城，进了家门，竟撞破了陈大华与郭蓓蓓的奸情。这两件事前一个虚写，后一个实写，虚虚实实，皆惊心动魄，令吴小丽近乎崩溃。她生活的天空坍塌了！她努力着，真诚地面对生活，到头来得到了什么？误解、背叛，所有的努力付之东流。现实的打击让她感到无力，连自己错在哪里都不知道，只能重新开始。

一周，是小学教师的工作周期，也可以看作吴小丽生命的缩影。一周时间结束了，小说也走到了终点。浅层的生活表象之下，实际上暗流涌动；这个残酷的结局既出乎意料，又在情理之中。掩卷之余，读者对吴小丽生活的骤然之变和人性的复杂生出无限感叹。

作家的创作离不开生活，尤其是对生活细节的描写更能体现其功力的深浅。编了几年"校园美文"，陈武对小学教师这个群体有了更多的了解；跟多位书画家交朋友，让他对这一行的现状和内幕熟稔于心。因此，写起吴小丽一周的日常生活，他得心应手，准确到位，真实地展现了生活的本色和质地。是啊，生活的表层是琐屑的，而生活的内核和本质是厚重的！

几年前，有评论者把陈武的小说分为乡村和城市题材两大类。乡村题材多以童年视角切入，城市题材则以"城乡接合部"为背景，以"城市边缘人"为主角。但他的近期作品，无论是题材的丰富性、挖掘的深度与广度，还是历史与现实的厚重感，都有深层次的拓展。读了这部小说，我们有理由相信，陈武的小说创作一定能够有更大的突破。对此，我们充满了期待。

书写真实的生存行状

——陈武中短篇小说读记

掀起一波"风暴潮"

今年（2020年）以来，陈武的小说在全国多家文学名刊集结亮相。《小说选刊》第4期选载了他发表于《小说月报·原创版》的短篇小说《恋恋的时光》，《小千》获《山东文学》期刊奖。我们欣喜地发现，陈武的小说创作掀起了又一波"风暴潮"。而且，这一批作品的质量和艺术水准达到了一个全新的高度。

实际上，这一波"风暴潮"的起点应该从2018年算起。这一年，陈武分别在《青年文学》《广州文艺》《雨花》《当代小说》等刊物发表了短篇小说《常来常熟》《济南行》《拼车记》《小段》及《与乔卫民有关的日子》等。2019年新春，陈武的长篇小说《升沉》在《中国作家》第2期"重磅"推出，这是他在文学名刊上发表的第六部长篇小说。真是新春好兆头啊！这年，他又在《小说月报·原创版》《山东文学》《清明》等刊物发表了中短篇小说《朱拉睡过的床》《小千》《歌声飘过二十年》《三里屯的下午》《三姐妹》和《杯子丢了以后》等。

到了今年春天，这一波大潮势头更猛：1月，《小说月报·原创版》发表《恋恋的时光》；2月，《人民文学》发表《狂奔》，《山东文学》发表《坐姿》，《海燕》发表《吴小丽的胃》；3月，《山花》发表中篇《到燕郊有多远》，《安徽文学》发表《猫脸》；4月，《小说选刊》选载《恋恋的时光》；5月，《飞天》发表《蓝围巾》，《当代小说》发表中篇《偷宿者》……

当然，这波大潮还在奔涌向前，还会给我们带来更多的震撼！

书写真实的生存行状

陈武在一篇创作谈里写道，从2011年春天开始，他潜居北京九年多了，住在一个名叫"中弘·北京像素"的小区。他在这里居住、生活、工作，时常去酒吧、书吧、咖啡店坐坐、玩玩，时间长了，就认识了一些出没其间的"艺术家"，他们中有画家、音乐家、翻译家……这些艺术家的故事和他们真实的生存行状，触发了他的小说创作灵感。

《恋恋的时光》以一个隐藏着秘密的电话写起，到"我"想办法让老阳回来参加小猫的葬礼结束，揭开了一个中年艺术家的情感底色，有关往日的恋情，有关惺惺相惜的友情，更有关当下的婚姻家庭……

这篇小说的主人公老阳（夏阳），是"我们这个俗气的世界里难得见到的真正的雅人"。他是个画家，画具有莫奈风格的印象派的油画；他弹奏并收藏吉他；他还是个诗人，写诗、作曲、填词，自弹自唱无所不能。关键是，他还有钱，早期承包过一家五星级大酒店的桑拿中心，六年里赚得盆满钵盈，紧接着，他又在东部城区买了几间门面房，坐收租金，每年有四五十万的收入，于是，潇洒转向，回归到艺术家的队伍里。四五年前，他的妻子——特级教师多多被上海某区中学引进，他随妻到了上海，成为"新上海人"，但他的朋友圈还在"新浦街"，在"上海待不了多久就要回来玩几天"……这就有了故事。

老阳的行踪自然逃不过"优秀班主任"多多的法眼，也引起了她的怀疑。老阳每次回新浦街，都要通过"我"编个理由"邀请"他而实现。"老陈，帮个忙，邀请我去你家聊会儿，十点前打我手机，千万千万！"读了这篇小说的开头，尤其是"邀请"二字，我忍俊不禁，差点笑出声来。老阳压低声音打电话时的神色、一个中年男人有点狡黠有点滑稽的窘态呼之欲出。半个月后，老阳又从上海打来电话，拜托"我""邀请"他回新浦街办个画展。办画展这事有点大，但在"我"的安排下，也算水到渠成。但老阳在画展开幕式的前一天，竟然玩起了失踪，直到开幕式当天早晨才现身。如此仓促中，却又上演了反复撤换十五幅画作的惊险操作。

原来，这都与老阳的往日恋情有关。女诗人兼画家小猫是老阳在大学任教时的学生，也是他的初恋，他们之间有一段令人唏嘘的爱情故事。这也许便是老阳对旧地最深的牵挂。在半年之后的周末读诗会上，多年不见的小猫到场了，此时她已身患绝症，"像一朵枯萎的花"。老阳弹唱了一曲由"我"写词的《我家住在新浦街》，让在场的所有人回到了旧时光，"那骚动的青春，无序的情感，不可名状的忧伤……全部蜂拥而至"。

其实，剖析这篇小说，有助于我们解读陈武近期的多部作品。或者说，陈武近期的小说，有许多共性的特征可供品鉴和研究。

一是以"我"的视角叙述故事。"我"既是叙述者，也是参与者和见证者。在《常来常熟》《济南行》《拼车记》《歌声飘过二十年》《三姐妹》等篇什里，"我"就是小说的主角"老陈"或"小陈"，拼车上下班、济南行、常来常熟是"我"当下的生活行状。在岁月的长河里，"我"打捞出三十多年前佳木斯雪乡三姐妹的故事，"我"把二十多年前《新区动态》编辑部的往事与当下生活作了无缝对接。不过，在获奖小说《小千》里，"我"却是一位身份模糊、洞察世事的居家女性；在《三里屯的下午》里，"我"是一位印刷厂的失业工人、名叫马农的落魄青年。

二是小说人物的身份显著变化。李惊涛先生在《边缘人与介入式叙事》一文中写道：边缘人能够从社会学概念走入文学范畴，陈武的小说做出了切实贡献。在陈武十几年前的小说里，"一些在城市边缘生存的人，渐次进入了当代文学视野。这些人物，按中国社会阶层分析，应当属于'农民工阶层'或'自由职业人员'，所以学界习惯于将他们纳入平民、草根或底层文学角度加以观照"。

在 2018 年后的这一批作品里，这些城市边缘人已基本消失，或者说，作家已经把目光聚焦到另一个层次的人群。这个人群里有画家、诗人、图书编辑（总编）、教师和公司白领等，其中以画家、诗人、编辑居多。《恋恋的时光》中的老阳、小猫是画家，又是诗人；《朱拉睡过的床》中，朱拉是一个擅长绘制各种形状的"猪肉"并画了一百个不同屁股的"无逻辑派"画家；《猫脸》中的"唤猫"女人，为了追求逼真，竟残忍地将流浪猫的眼睛挖下来装置到她的"超现代艺术"画作上。诗人除了老阳和小猫，还有《常来常熟》中的迷喧，《吴小丽的胃》《蓝围巾》中的吴小丽（也是教师）和牛三洋。从事编辑工作的更是不少，有《常来常熟》中的盛大博（副总编）和吴来蔓，有《到燕郊有多远》中的汤图图、小浦和小白，有《杯子丢了以后》中主编公司内刊的朱大季，而《歌声飘过二十年》中的所有人物都曾经是《新区动态》的编辑、记者。公司白领有《杯子丢了以后》中的胡小菁、英果果、朱大季，有《拼车记》中的清风简，以及图书公司"总编办主任"汤图图、总编助理韩雨花等人。除此之外，还有几个是在商海沉浮的老板。他们是《小千》中的小千、《和乔卫民有关的那些事》中的乔卫民，以及吴小丽的丈夫高天（自主创业的小老板）。

三是作家的生活轨迹与其作品中"典型人物"所处的"典型环境"高度契合。诚如陈武所言，近年来，他一直在家乡连云港和北京两地生活和创作。那么，我们也发现，他的近期小说中，北京（及"睡城"燕郊）和家乡连云港两地的元素最为密集。《三里屯的下午》《到燕郊有多远》《拼车记》《杯子丢了以后》《朱拉睡过的床》《猫脸》等，有的从字面上就能看出来，写的都是北京那些事；而在《恋恋的时光》《歌声飘过二十年》《吴小丽的胃》《蓝围巾》《坐姿》等篇什里，连云港的诸多地名被原封不动地用上了：新浦街、昌圩湖、海州湾、拦海大堤、盐河桥、苍梧绿园、苍梧路、花果山路……相信家乡的读者看到这些，必然会有一种不一样的亲切感。

四是多篇作品中设置了"失踪"情节，形成悬念。老阳在画展开幕式的前一天失踪了；盛大博在迷喧诗歌集首发式召开前失踪了；英果果和朱大季在集体旅游住的宾馆里一起失踪；《拼车记》中的清风简因突然休假而失踪；小千和乔卫民的行踪从来都是飘忽不定；《坐姿》中，父亲许德海的"行踪反常"及女儿许晶晶的"跟踪"，构成了小说的主线。另外，多篇小说中写到"猫"的失踪与寻找。道具"蓝围巾"和"杯子"的失而复得，更是这两篇小说的主线。

捕捉神经末梢的悸动

一个人的内心越深邃，对外部世界的感知就越细腻。

相比于草根或生活在城市边缘地带的贫民，这些艺术家、教师、公司白领对现实生活的变化更加敏感。正是由于小说人物的身份发生了显著变化，陈武近期作品更侧重于人物的心理描写并揭示他们隐秘的感情纠葛，甚至去捕捉当事人神经末梢的幽微悸动。

老阳与小猫的往日情缘，恋恋不舍却又隐忍很深，令人唏嘘伤感。

"我"与清风简、"戴耳塞青年"因为一段时间的拼车经历，各自情愫萌动。

公司办公室副主任胡小菁对朱大季的用情可谓处心积虑，却没想到督察室的英果果（副市长儿媳）已捷足先登、暗度陈仓。一只"杯子"的失而复得让这三角隐情瞬间曝光。

"我"、盛大博、吴来蔓（《常来常熟》），三个人各怀心计，在酒宴上斗智斗勇，也还是一个"情"字作怪。

吴小丽被牛三洋的油腻暧昧扰得肠胃不适，一条"蓝围巾"再掀风波，而家终究是情感的归宿和港湾。

"无逻辑派"画家朱拉虽有"红颜姐姐"吴小块充当人生和情爱向导，却抵挡不住美女石老板的诱惑，一百幅"屁股系列"呕心之作被剁肉一般易了主，却有苦难言，无可奈何。

"我"到济南，"不是旅行，也没有特别要办的事。目的就有一个，见菜菜"。但见了菜菜之后，却意外地发现她与公司老板汤总之间的龌龊事，那么，"我"还爱菜菜吗，"我"还会有下次"济南行"吗？

"我"与葛小会重续二十多年前因一个误会而产生缝罅的旧情，但是，"我"真的能走进她微妙缜密的内心吗？

我想，"我"与葛小会之间的情感缝隙也许是永远也无法弥补了。因为"我"根本不知道这二十多年葛小会是如何走过来的。一个人光鲜的外表之下，究竟隐藏着多少难以言说的秘密；一个人走进另一个人的内心有多难，岂止是咫尺天涯！

最后，看看《到燕郊有多远》中汤图图这几天的遭遇。她每天上下班，要坐燕郊至大望路的812路公交车，转一号线和十号线地铁，有时公交车一堵就是几个小时，早上六点钟从家里出发，中午十二点才赶到单位，晚上加班到八九点，深夜十一二点才能赶回到家。即便是这样一份工作，她还是没有保住，被老板炒了鱿鱼（被年轻貌美女孩顶替）。接着，弱智的大女儿被学校拒收；再接着，老公发来要求"离婚"的语音留言（尽管后来知道是老公调皮逗她）……

"在深夜的大望路口，在金地广场橘红的灯光中，一个年轻女人在无声地流泪。没有人知道她近来遇到了多少麻烦，也没有人在乎她极度疲惫的身心和濒临崩溃的精神，更没有人来关注她的泪水长流。即便有人从她面前匆匆而过，谁会在深夜的街灯下，关注一个女人流泪呢？"

读到这里，我怆然泪下！

北大荒童话
——陈武中篇小说《三姐妹》读札

"三姐妹"的故事我听陈武讲过不下三五遍。每次我都说，老陈，写啊，写出来，一定是好东西！老陈说，不慌，再捂捂。是啊，好饭不怕晚，好故事不怕捂。这不，捂到了今年初，他终于揭锅了。《三姐妹》发表在东北名刊《芒种》2021年第1期，《小说选刊》第3期转载。这个故事虽然熟得不能再熟，但把小说一口气读完之后，我竟潸然泪下，唏嘘良久。

小说是语言的艺术。陈武的小说故事并不复杂，也没有惊心动魄的情节，但却很是好读好看，这得益于他语言和描写的功力。他的叙述语言娓娓道来、细腻入微、引人入胜。

20世纪80年代初，春节前的十来天，"我"，小陈，一个文学青年，受一本书的诱惑从江苏来到北大荒。这本书小说里没有点明，但我知道，这其实是梁晓声的小说《这是一片神奇的土地》和《今夜有暴风雪》。那个年代，几乎每个文学青年都被那片神奇的土地深深吸引，都有一份浓浓的北大荒情结。只不过绝大多数人并没有"我"这样的勇气，能够在隆冬腊月追寻至现实中的北大荒。

"没想到北方的隆冬除了雪，还是雪。"在佳木斯火车站对面的小酒馆，"我"遇到了"自力村"的老史，或者说"我"被老史"盯上了"。在他的诚恳邀请下，"我"坐上了木爬犁，到他家去住，"就相当于住在北大荒了"。

老史的表现有些急吼吼的。他为什么这么急切地把一个陌生的二十来岁的大小伙子拉回家呢？原来，他家有三个正值妙龄的姑娘——他想给史家招个上门女婿。"这个老史，看是木讷的样子，话里却透出智慧——他还在怀疑我是从家里逃出来的，是另一种形式的闯关东，将来也能像他一样有一大家子人。"

最先见到的是二姑娘史丽娟，一个打扮朴素、举止安静的女孩，在"佳木斯第二中学"念高中，老史"就指望她撑门面"，自信而得意地认为她"明年就上大学了"。老史这次进城，就是用马拉木爬犁接二姑娘放寒假回家的。显然，"未来大学生"二姑娘的婚事，老史是不用愁也不用着急的，肯定不需要他拉郎配。但这里留下了一个伏笔："我"将以什么身份出现在史家和自力村？

"二姐，同学啊？"小妹萍萍的疑问被史丽娟默许，同时，也在史丽娟的心里掀起涟漪。她当然知道父亲的用意，这个"哥"跟她是毫无关系的，但她偏偏有了情绪，有了很重的心事。

萍萍甫一出现，就让我们眼前一亮，"北坑上，盘腿坐着一个花花绿绿的少女，她穿红毛衣，绿裤子，紫袜子，长头发披散着，正在织毛衣"。"萍萍说话很快，声音又脆又亮……白净脸，尖下巴，皮肤又细又嫩；单眼皮，尖鼻梁，俊俏俏的，乌黑发亮的眼眸和丰满的唇，更突出了少女的神韵和精致。"但是，只有十六岁的三姑娘离谈婚论嫁尚早，显然也不是老史把"我"拉回家的目的所在。

那么，老史最大的心机就是把"我"和大姑娘大翠撮合到一起。"大翠确有大姐风范，她一到家就开始主厨。""大翠和她两个妹妹完全不一样，她面色是沉静的，做事是专心的。她不像老三那样有一种惊艳美，却也鼻子是鼻子、眉是眉的，虽然耐不住细看，却比老二要亮堂些……有一种乡村姑娘特有的成熟。"

面对老史家郑重其事的"夜宴"和三个性格迥异的美丽女孩，"我"不自然也不自在。村邻老曹的到来，多少给"我"解了围。但他称"我"为"新亲戚"，把"我"当成老史家的上门女婿，无意中挑明了老史的用心。"不仅我听出了他们的话音，就连三姐妹也都听出来了。"

"我"的到来，无疑在史家掀起了波澜，与三姐妹的相处也一下子变得尴尬，变得微妙。"造成这样的局面，是我事先没有想到的。我想，这次北大荒之行，即使没有领略到神奇、美妙的北大荒风光，能近距离接触、了解这一家人，也是此行的大收获，会对我的写作和对人世的认知大有帮助。"

实际上，从"我"坐上老史的木爬犁，北大荒冰天雪地的浓郁风情以及这片辽阔土地上的守望和期盼、温暖和良善已经渐次展现在我们面前。

"木爬犁不急不躁地，很快就走出了城市，走进一片原野了。原野上是一望无际的白……那些白突然会有些光泽，也会有高低起伏，可能是岗岭山峦什么的，零星的树木对白并没有造成影响，那么霸气，那么为所欲为。"

"天空阴沉沉的，仿佛藏着更多更厚的雪。我望一眼远处，除了雪地上冒出的那些树和树枝，全是一片洁白，没有飞鸟，没有鸡飞狗跳，也没有飘动的落叶，大地静静的，一切都静静的，连雪都静了。雪成了主角。"

"风比刚才大多了。雪花开始横飞，由一根根钢针，变成了一条条鞭子"……

老曹这样描述自力村："咱们自力啊，全是外地人，五户河北的，九户山东的……都是闯关东来的，开始都不适应，这不，都适应了，大家都像一家人，哈哈哈，自力村养人啊，以后你就知道自力村的好了。……这个（河南）小王，在原来的村子上，得罪了人，待不下去，心一横，来投奔亲戚，来了就找了个媳妇，去年刚生了双胞胎呢，两个儿子，真是赚大了。"

老史更是成竹在胸："你就安心住着，等大雪不下了，就可以跑出去玩了。不过要当心掉到雪窟窿里。可以叫大翠、萍萍带你出去玩。"

让"我"感到矛盾和焦虑的是，自己此行的目的与老史心里盘算的小九九根本不在一个频道，甚至是南辕北辙。

大翠懂得父亲的心思。来到老史家的第一夜，"我"睡在南窗下的大炕上，与三姐妹同处一室。这显然不合适。第二天，老史给"我"找了一间独立的小屋——井房。当天上午，"雪扑下来了"，大翠来井房叫"我"去吃午饭。她"穿了件大红色的棉袄，大围巾并没有把脸包住，脸上泛着红晕"，轻声道，"吃饭了……"只说这一句话，就走了。"我感觉大翠虽然走了，那绯红的面颊和紧张的眼神都留在了屋里。"

大翠走后，"我"刚要动身，萍萍突然推门进来。"哥，我来带你家去吃饭……我老姐真是没用，这么大的雪，哪敢让你一人回啊，迷路了咋办？""哥，中午吃鱼哦，老龙湖的大鱼，爸说你是南方人，爱吃鱼虾……""今天的鱼，是请曹婶来烧的。……曹婶会烧鱼，全村都有名，硬是把大姐都教会了。以后在咱家，不愁没鱼吃了。"看来，萍萍似乎认定"我"会长久地留在她们家了。

然而，午饭后送"我"回到井房，大翠得知"我"在家乡是"写书的"，"她的眼神略有错愕……"——她明白了"我"此行的真实目的，明白了我们之间某种遥远的距离。所以，当热情的老曹夫妇专门请我们到家里喝酒时，"我"推脱不喝，大翠果断决绝地拿过"我"的酒杯一仰而尽，而后说走就走——北大荒女孩的性格果然刚烈爽直，决不拖泥带水。

雪后，"我"和三姐妹到村后的公路上玩雪。三姐妹"都经过精心的打扮", "最亮眼的, 还是三姑娘萍萍, 她今天穿一条裤脚更加肥大的红色喇叭裤, 屁股到腿弯都收得很紧, 白色的太空棉夹克式棉袄, 里面是绿色的高领毛衣, 大围巾是嫩黄色的, 加上她白皙的皮肤, 鲜枝活叶, 就像春天的一枝花"。

"我"看到了"一片阔大而平坦的雪原", 以及雪原上边一望无际的密林。萍萍说: "北大荒最美的是夏天, 山下边有一大片沼泽地和浅水湖, 节节草啊, 芦苇荡啊, 一簇一簇的, 有许多大雁和天鹅。有一年大姐带我去捡天鹅蛋, 跌进沼泽里, 差点丢了小命。""我"很想感受一下冰雪下的沼泽和水塘。但史丽娟说: "雪太大, 路不好走, 危险! "这个二姑娘早已洞察一切, 所以自始至终"冷眼旁观"。

三姐妹里, 作家着墨最浓、与"我"相处最多的是萍萍, "最懂我的"也是萍萍。她独自来到井房, 带"我"去后山的白桦林和沼泽地。水沼地骇人的传说令"我"紧张, 但有萍萍的陪伴和牵手, "我"感到温暖, 也"平添了一种动力"。我们在雪地最陡的地方"双手紧扣"一起朝下滑, 在雪坡上连滚带爬, 释放青春的活力。

"她的脸离我太近, 我能清晰地看到她像婴儿一样鲜嫩的口舌, 还有喷到我脸上的清甜的热气。……我们一顺头地躺在雪地上, 望着湛蓝的天空。半晌, 萍萍像是对着天空, 喃喃道, '哥, 这儿不是你待的地方……'"

是的, "我"决定离开史家了。"我心里有点五味杂陈, ……美丽的北大荒之行, 是时候结束了。"老史非常吃惊。

"我不敢看老史的表情，他一定很难过。""萍萍也是惊讶的，虽然她早已经料到这样的结局。"

"离开时，只有萍萍和老史送我到村头，其他人只在门口和我道别。当木爬犁走到村头时，萍萍还叮咛我别忘了写信，还跟我不断地挥手。我坐在木爬犁上，望着渐渐退后的自力村，心里突然产生了一丝依依不舍之情。"

"我"没有食言，回家后就给老史家去了一封信。……此后的大半年里，"我"和老史家通了五六次信，从第二封信开始，信后有了落款——史丽萍，即萍萍。来信让"我"大致知道老史家的许多事：大姐史丽翠在春节后出嫁了，就嫁在本村。二姐史丽娟考上了佳木斯师范学院。在最后那封信里，萍萍给我寄了一张彩色照片，照片上的她依然花枝招展鲜艳欲滴。然后，"我"和老史家（或和萍萍）的通信便中断了。

故事到这里看似已经结束了。但是，时间的车轮迅速驶到1990年春夏之间的一个周末，"我"意外地收到一封厚达七页的长信，紧接着，又收到一个包裹，里面是一件红色毛衣。这是已经做了小学老师的史丽娟从佳木斯寄来的。"我得知了一个非常伤感的故事，让我唏嘘不已几度落泪，史家的三姑娘萍萍，在她十七岁那年的夏秋之交，因为去后山的沼泽地里救助一只受伤的天鹅，不幸被沼泽吞没了。"

"我知道，这件毛衣，不仅是萍萍的心愿，也饱含着史丽娟的深切情谊。我简单收拾一下行装，当天就踏上了开往佳木斯的火车。我要去看萍萍——她的墓地就在后山上的白桦林里。她安葬之地，能看到山下一望无际的水沼、湿地，还有成群的天鹅，那也是我心驰神往的地方。"

李敬泽先生在给《玉米》所作的序言里写道：《玉米》的另一个可能的名字也许应该是《三姐妹》，这个和《玉米》一样朴素的名字让我想起契诃夫，想起他对俄罗斯大地上那三个女人的深情守望。是的，守望，守和望，守着人，望着命运，这是作家的古老姿态，毕飞宇把这种姿态视为写作的根本意义所在。

是啊，《三姐妹》这部小说何尝不是作家陈武的深情守望！作家在他特定的年龄（二十岁）去了一次北大荒，遇见了老史和他三个如花似玉的女儿，这是一段美如童话的真实的人生经历，是作家生命旅程的深刻印记，所以他写得唯美用情、清纯朦胧，甚而充满了遗憾和歉疚、酸楚和愧叹。当然，小说最后萍萍因救助天鹅不幸遇难，是作家虚构的悲剧。正是这美若天仙的女孩随风消逝，催人泪下，震撼心灵！

耳畔，仿佛响起那首歌：

> 走过那条小河你可曾听说，
> 有一位女孩她曾经来过；
> 走过那片芦苇坡你可曾听说，
> 有一位女孩她留下一首歌……

困境中需要一束红玫瑰

——读陈武短篇小说《送你一束玫瑰花》

　　读陈武短篇小说近作《送你一束玫瑰花》，让我联想到他的多部中短篇佳作：《拉车人车小民的日常生活》《换一个地方》《吴小丽一周的琐屑生活》和《到燕郊有多远》等。虽然这些作品发表的时间最长已相隔二十余年，但我的感觉是，它们之间有一条隐秘的连线；我甚至觉得，这些小说里的主人公车小民、于红红、吴小丽、汤图图和《送你一束玫瑰花》里的庞雁等人，就像拴在同一根绳上的"蚂蚱"，都在艰难困境中拼命挣扎、左冲右突。他们虽然生活在不同的年代，从事不同的职业或以不同的方式谋生，但他们所处的生存困境和精神上所受的困扰却是相似或共通的。

　　雷达先生主编的《近三十年中国文学思潮》一书指出：

2001年陈武的小说《拉车人车小民的日常生活》，以残酷的车祸结束了对生活怀着微薄幸福渴望的主人公的生命。车小民，这个以替人拉板车为生的打工农民，他的快乐只不过是能够有点闲钱给孩子和生病的老婆买包油糖果子。生活是严峻的，甚至，没有什么会比生活更严峻。

《送你一束玫瑰花》延续了21世纪初年"生活的严峻性"。庞雁，是深圳一家文化公司的图书文字编辑，"朝九晚五，是公司正常的上班形态"。但庞雁每天都在"玩火"，每次都是踩着点走进办公室；下午五点一到，她也是踩着点下班，第一个冲出办公室，一分钟都不多待，且行色匆匆。她好像并没有男朋友，更不需要接送孩子，那她匆匆回家干吗呢？

小说的开头设置了一个悬念，让人对庞雁这个年轻的职场女性"行色匆匆"的生活现状产生好奇。接下来，让人大跌眼镜的是，我们看到，庞雁从写字楼里"冲"出来，赶赴的另一个场所，竟然是她居住的凤凰城小区的小会水饺店。这个年轻女孩下班后的另一个角色，是小会水饺店的外卖送货员！

从高档写字楼里的文艺小白领到水饺店的外卖送货员，这个身份的转变或者说身份的落差，让读者目瞪口呆，也因此对庞雁的后续故事更加好奇，更想探究其真相。

仅用三十五分钟，庞雁就准时出现在小会水饺店。她套上水饺店的专用马甲，按照店长王慧的派工单，拎着打包好的水饺就往外冲。请注意，这又是一个"冲"字，显示了她此时的工作状态。因为这一"冲"，让她毫无预兆地撞到了一堵"来势凶猛的移动的墙上"，她的后脑勺磕到了桌角，顿时"疼得她以为马上就要死了"。这一撞，也撞出了小说的男主角顾大前。

顾大前是个三十五六岁的滴滴车司机。他刚接了个跑惠州市区的大单子，所以他也是急匆匆地想吃碗水饺就赶路。没想到自己一堵墙似的高大威猛的身躯竟和水饺店送外卖的小美女撞个正着。于是，在王慧店长的仗义主持下，顾大前自认倒霉，转了两千块钱的治疗、误工、营养费给庞雁。

但庞雁并没有"轻伤下火线"，而是继续在凤凰城小区送外卖。究其原因，"她不是要做英雄"，而是她的身上背负着"几百公里外的湖南老家"，她需要钱。如山的重负压在她身上，她哪能够停下来休息啊！庞雁的母亲是个轻度智障者，父亲更是一个腿有残疾的瘸子，靠打铁维持一家人的生活。母亲患癌后，又花光了家里不多的积蓄，还借债数十万元。

小说读到这里，我想起去年看过的电视连续剧《安家》。孙俪饰演的女主角房似锦是上海一家房产中介的店长，她的老家是一个地处穷乡僻壤的小山村。老房家有四个女儿和一个儿子，她是那个差点被扔进井里的四女儿，所以叫"四井"。她的母亲为了给唯一的儿子在城里买房结婚，千方百计、耍泼无赖地逼迫房似锦拿出一百万来。房似锦看似光鲜靓丽的外表下，隐忍着难言的辛酸，背负着如山的重担。我还联想到最近看到的几段抖音视频："外卖小哥背着五个月的宝宝送外卖"，"女骑手带着几个月大的婴儿送外卖"，以及"北大博士每天骑着小电驴走街串巷送外卖"……的新闻。

看来，庞雁的生存境况并非个案和少数，她（他）们是生活在大都市的一个基数庞大的群体。陈武的目光已经从车小民、于红红、吴小丽的身上转移，聚焦到了大都市坐办公室的汤图图、庞雁等职场女性身上。生活不易，谁都是在为自己的生活忙碌打拼，而这些愿意靠自己的行动改变生活的人，都是值得关注和尊重的。因为正是他们努力生活的模样，才决定了一个社会的底色和未来。对于富人来说，只要钱能解决的都不是问题，而穷人则恰恰相反，得用钱来解决的就都是问题。

君子取财有道。庞雁虽然缺钱，但她的心纯朴善良，没有被金钱污染，她总觉得顾大前的两千块钱她"拿得不光彩"。她想万一能再碰到顾大前，就把钱还给他。碰巧的是，庞雁送餐送到了顾大前的出租屋门上；又碰巧的是，顾大前急性胰腺炎发作，像个"软体动物一样……顺着墙壁瘫到了地上"。庞雁慌忙中打了一辆滴滴快车把他送到医院。

庞雁被误认为是顾大前的家属，帮顾大前办住院手续，各种排队、取药、交钱，耽误了送餐。王慧假装气急地揶揄她："是不是遇到了帅哥，还做了人家一个小时的新娘子？"与此同时，顾大前拒收了她转去的两千块钱，让她忽而感觉到这个男人"有其可爱的一面，虽然样子蠢了点，但是正直、率真，没有歪心眼儿"。

常在河边转，没有不湿脚的。庞雁无数次挑战极限，踩着点上班，极限还是找到她了：周一上班迟到一分半钟，要扣一百块钱。这一百块钱有那么重要吗？当然重要，她要送二十五次外卖才能挣这么多啊！一般情况下，一个晚上的收入也就这么多。更倒霉的是，当天发工资，因为上个月工作中的差错，她被连罚带扣了三千元。"简直就是核打击……血淋淋地直接割肉啊。"就在这时，父亲"谨小慎微"地打来电话，说母亲住院，急需用钱。她把卡里的钱，加上顾大前那两千元，凑了一万两千元汇给了父亲。她卡里只剩下几十块的零钱。

庞雁心怀感激，拎了一份水饺外卖到光明医院探望顾大前。但顾大前因为胰腺发炎，五天内不能吃东西。庞雁无意中发现顾大前扭过头抹眼泪，他擦眼泪用的纸巾竟是来自五六家饭馆和快餐店的餐巾纸——这是多能节省的人才能从每家餐馆"顺"几张微不足道的餐巾纸啊！可尽管顾大前的生活如此窘迫，但他还是毫不犹豫地拒收了庞雁退给他的两千元钱。这一反衬让他在庞雁心目中的分量无形地加重了。

时间飞逝，一个多月很快过去了。"对于庞雁来说，生活依然忙碌而平淡。"然而，这一天，当她又一次踩着点走进办公室，她看到里面的气氛与往日略有不同。办公室里出现了一束玫瑰花，花上没有卡片，没有祝福语，一共十一朵花，代表着"一心一意"。这束来历不明的红玫瑰让办公室里的十多个男生女生"露出快乐、狐疑的笑"。

"谁的花谁心里有数。"庞雁猛然想到一个人，这个人就是顾大前。她觉得"匿名送花"这样的举动有点符合他的性格……庞雁一直封闭的心有些凌乱了。下班后，小会水饺店派给庞雁的第一单外卖竟然是顾大前点名让她送的一份水饺。"庞雁的心突然狂跳起来……"她认定，办公室里那束来历不明的红玫瑰就是顾大前送给她的。

小说结束了，但庞雁与顾大前的故事还将继续。小说中，与车小民、于红红、汤图图等人的命运结局或生存状态有所不同的是，庞雁最后得到了一束玫瑰花。

这是一束红色的玫瑰花，也是一道照进庞雁生命缝隙里的温暖的阳光。我们有理由相信，困难终要过去，庞雁和顾大前等努力拼搏的人必将迎来阳光灿烂的明天。

陈武的"行走小说"

——由中篇小说《上青海》说开去

一

大约在十年前的某一天，我到火车站买票去北京（那时还不兴网上订票，连云港至北京每天只有一趟普快列车）。去时买了张座位票，是 13 车 72 号。哐里哐当一个通宵到了北京，出站后，赶紧就手把返程票买了。窗口递了张票给我，居然也是 13 车 72 号。那时陈武住在北京像素小区的一个 17 层楼上，我到北京自然要和他见面，就把这个巧事跟他讲了。没想到多年后，他把这种巧合写进了中篇小说《上青海》的开头（改成了卧铺车票 7 车 6 号）。不得不说，陈武是个有心人，是个特别用心的人；做事用心，写小说更用心。

二

《上青海》发表在《中国作家》2021年第4期，又被《海外文摘·文学》选载。初读这部中篇小说，我脑海里蹦出一个词：行走文学。这个词在20年前曾经一度成为热门话题。李敬泽先生在《"行走文学"：媒体叙事考察》（《南方文坛》2001年第1期）文中写道：在云南人民出版社1999年5月组织作家走进西藏，随后推出"走进西藏"丛书后，"行走文学"突然成了出版界最大的时髦。一时之间，各家各社各路人马纷纷树起了"行走"大旗。……"行走文学"这个词据我所知是胡守文先生"首创"的。胡是中国青年出版社的社长，他在1999年的《光明日报》上说出了这个词。

另据李敬泽考证，当时有关报道对"行走文学"如此定义：一群作家，应出版社之邀，游历一地后，将感想和见闻写成书出版，这在近年的文坛已成一种流行，被称为"行走文学"。……也有人把这种新鲜的写作方式称为"用脚写作"，"用脚写作"出来的文学被称为"行走文学"。……中国作家一直在探索一种更加合理有效的"深入生活"的方式，时尚起来的"用脚写作"或许是步入正途的一种好办法。

在文章最后，李敬泽写道：所以，我完全理解参加行走黄河的林白的表白，她说：我始终觉得日常生活对人的消磨很要命，通过出去行走，超越了日常生活。路上很累，全凭革命意志在坚持。但我不是为了写作而行走，而是想获得在路上的状态和感觉。写作是第二位的。

李敬泽先生的这篇文章有助于我们对"行走文学"的回忆和理解。

我在当时的刊物上还查阅到《余秋雨，文中散步》一文。其中写道：作为当代文坛"行走文学"的身体力行者，余秋雨走一圈出一本书，以《文化苦旅》《山居笔记》记述中华文明的实地考察，以《千年一叹》记述了埃及文明、阿拉伯文明、犹太文明、巴比伦文明、波斯文明、印度文明的实地考察。最近余秋雨又在走……历时 6 个月，走过了 26 个国家96 个城市，用《行者无疆》记录了这一不同凡响旅程的全部感受。

当时的另一篇报道《邓贤批评余秋雨伪行走文学》写道：在"行走文学"成为中国文坛时尚的时候，从神秘"金三角"行走了一趟回来，并向广大读者奉献了一部 42 万字的精彩长篇小说《流浪金三角》的四川作家邓贤在接受记者采访时直言，余秋雨走红的"千禧之旅"及即将开始的"欧洲之旅"都称不上真正意义上的"行走文学"，因为他都是受人邀请，有着相对优越的条件，不能体会困境，不是真正意义上的作家个人文学行为。邓贤认为，作家的使命应是"关怀整个人类"……

我把《上青海》与当时风靡一时的"行走文学"大致作了比较，觉得它们之间有很大的区别和差异。

当时的"行走文学"都是非虚构作品。如余秋雨的散文，如中青社推出的《走马黄河》丛书，如 21 世纪出版社推出的

"行走文学青春版"——《一个女孩的湘西孤旅》《租一条船漫游江南》《咱们——我在西藏她在康巴》等,再如《余纯顺日记》、彭超《浪迹雪域》等,就连邓贤的《流浪金三角》标注的其实并非长篇小说,而是纪实文学。

而《上青海》是虚构的中篇小说,是以塑造人物、叙述人物故事为旨要的。

三

虽然《上青海》的内容写的是一次"青海之行",但与20年前定义的"行走文学"区别明显。如果需要做个界定和区分的话,"文学"的概念相对庞大,我更愿意将陈武的这篇《上青海》和他20年前发表的中篇小说《天边外》《夏阳和多多的假日旅行》,以及近年的短篇小说《济南行》《常来常熟》《杯子丢了以后》等称为"行走小说"。这样应该更准确些。

《天边外》发表于2003年第2期《青年文学》,后被《小说月报》选载。小说中的"我"是个自由撰稿人,名叫维也纳(应该是笔名或网名)。"我"和流浪歌手名名、摄影家白莲、来自吉林的画家及发起人老K等五人相约去藏北无人区。出发前,五人签订了"生死合同"。"因为我们是去高寒的高原无人区,往返至少得20天时间……那里空气稀薄,险象环生,到处隐藏着死亡威胁,哪怕是小小的感冒,也会危及生命。我们五人互不相干自由组合,不对任何人负责任,谁要是病了，就丢下谁，就是说谁死在藏北活该。"

"我"与名名出发前就在拉萨的小宾馆相识，两人形成了让人感觉"类似情侣"的微妙组合。在戈壁荒漠险象环生的旅程中，"我"对名名关爱照顾，两人渐生朦朦胧胧、心心念念的情愫。与此同时，"我"发现了摄影家白莲和画家的私情，但是，当白莲突发急症，且病情迅速恶化时，画家竟无动于衷、不管不问，"耷拉着眼皮，一声不吭……"让人顿感周身冰寒。由于租用的东风汽车陷进沼泽，且发动机出现故障，经验丰富的司机扎西将发动机拆得"七零八落"，连续几天没有修好。"死亡的影子已经离我们很近很近，很近了，我们已经听到死亡的呼吸声和脚步声……我们在希望和绝望中又过了一天。"在此期间，老 K 拉着"我"步行四五个小时，一起去看弥留之际留在荒漠帐篷里的白莲，白莲竟顽强地活了下来，"那被死亡洗礼过的笑容看起来非常真实和可爱"。然而，谁也想不到的是，灾难猝不及防——名名死了。

名名的死，让"我从内心感到深深的后悔"。"她是自杀的吗？名名没有自杀的必要啊，也没有一点自杀的前兆和痕迹啊。我还是相信我最初的判断，她是被病魔夺去生命的。……而且在几天前，她亲口告诉我她病了，我当时以为她是在开玩笑，她自己也说是在开玩笑。是我太大意了……""我们在高坡上掩埋了名名。……就在我们为名名默哀的时候，我们听到了汽车发动机的轰鸣声。"

《天边外》的主线是"我"和名名等六人（包括司机扎西）行走藏北无人区的探险故事。描写了藏北的绝美风景、极端环境和这群临时结伴而行、性格迥异的人物，将朦胧之爱、隐秘私情、真诚友谊、莫名伤感、复杂人性以及未知的危险、猝不及防的死亡等众多元素融为一体，恰如电影画面让人过目不忘，达到了震撼人心的艺术效果。

陈武在小说集《天边外》编后记里说：这篇小说发表后，在读者中引起了较大的反响，甚至有"驴友"按照小说中的路线去藏北探险。看来，小说也产生了一定的社会效应。

《夏阳和多多的假日旅行》比《天边外》正好早一年发表于《青年文学》，应该是陈武"行走小说"的发轫之作。"'五一'长假的前一天，夏阳和多多登上了去苏州的列车。"夏阳是个30多岁离了婚的大学老师，也是个诗人；多多是大三班级女生，夏阳教她外国文学课。因为参加一次诗歌朗读会，"他们很自然地走在夜晚校园的小道上。那一晚，他们说了很多话。后来，他们就经常在一起了"。这次苏州之行，两人策划已久，至少在夏阳的期待中，将是一次激情浪漫之旅："旅行中，该会擦出多少明亮的火花，该会发生多少缠绵的故事。这些都是夏阳一心希望的。"到苏州后，如夏阳所愿，多多同意与他住进了双人房间。但是，第一个晚上，夏阳追求"唯美"和面对熟睡的多多"心里面被大面积地感动"，他犹豫着，并没有上多多的床。第二个晚上，夏阳因为光顾着看足球赛，一时间竟"忘记了多多的存在"。随后3位便衣警察查房，并对他们进行分开询问，自然破坏了心绪，两人兴致阑珊。接下来的周庄之行，遇上了"典型的江南小雨"，多多穿着夏阳新买的一件不合时宜的小花衫，冻得浑身直打寒战。"多多的坏心情就像喷泉一样往上涌","就看什么都不顺眼了……就故意和夏阳作对"。再接着,他们租船去往"更原始、更自然"的同里镇,而"夏阳的心情有点沉重起来",他觉得"多多已经拒绝他了,他们的关系已经不可能超越一般师生了,这次旅行将毫无意义"。

本来计划 5 月 7 日结束旅行,5 月 3 日,他们就回校了。没想到的是,故事最后出现了反转,出现了柳暗花明。天色向晚的时候,多多突然敲开夏阳的房门,"扑进夏阳的怀里"。"有时候努力想得到的,却往往失之交臂,而当你觉得日子无望的时候,它又悄悄地出现。"这符合多多的性格。他们再次决定,明天就去苏州!"夏阳和多多已经结束的假日旅行,在当天晚上,又重新开始了。"

钱钟书说,要想结为夫妻,先去旅行一次。看来这句话在任何时代都很适用。

《济南行》发表于《广州文艺》2018 年第 8 期。"我去济南,不是因为旅行,也没有特别要办的事。目的只有一个,见菜菜。"当然,"我"找了个借口,因为要写一本类似于"旧时人物"的书,去看济南的老舍故居。"我"是个 40 来岁的"油腻未婚中年男",菜菜姓蔡,小"我"10 岁左右,是个"长相不讨厌"的未婚女孩。"通过断断续续的几次接触,(我)已经有点喜欢她了。""我"对这次事先约好的济南之行充满了浪漫的期待。

到了济南后,"我"受到菜菜的热情接待,先是到她单位喝茶(周六无人上班),后去看老舍故居,接着到趵突泉公园观泉、品茶、拍照，菜菜还饶有兴致地选了 3 张照片发到朋友圈。看得出，菜菜是个特别谨慎的人，她"一两年没在朋友圈发东西了"，这次发的三幅图分别是："一枝背景是蓝天的蜡梅"，"一杯养眼的绿茶"，还有"一幅刻有老舍名言的碑刻"。然而，就在发了朋友圈不久，菜菜的手机发出震动声，来了一条信息。接下来，菜菜的"情绪略略地有了点变化"，本来约好去吃"鲁南小镇"的，她说，"突然有了急事……马上就要去办个急事了……真对不起啊"。这让"我"非常尴尬："这就是下逐客令啊。我突然有点伤感，心里忽地全空了。""我打了个车，直奔济南西站……上了济南西开往北京南的高铁。"菜菜为什么会情绪陡变，甚而"下逐客令"呢？原来那张发到朋友圈的石刻图片上，有"我"和菜菜的影子——"因为角度问题，她的脑袋几乎贴在我的左肩上。"菜菜公司的汤老板显然发现了这个"隐秘"。"我"不由得冷静下来，这个汤老板与菜菜到底是什么关系呢？……

"常来常熟"是江苏省常熟市一句响亮的旅游广告语。短篇小说《常来常熟》虽然涉及了常熟的诸多旅游元素，如虞山、望虞台、虞山白茶、桂花酒、大闸蟹等，但更多地侧重于人物的心理描写，并揭示他们隐秘的感情纠葛，甚至去捕捉当事人神经末梢的幽微悸动。"我"、盛大林、吴来蔓等人各怀心计，在酒宴上斗智斗勇，总归是一个"情"字作怪。

《杯子丢了以后》写的是公司工会组织的一次长沙旅游活动，实则揭示了办公室恋情的错综复杂。当然，行走在霓虹灯下的长沙街头，到橘子洲头和湘江两岸看看夜景，到网红小吃一条街品尝酸辣米粉、臭豆腐、鸭肠串串等，着实让人食欲大开，过足了馋瘾。

四

再来理一下《上青海》的叙事构架。我以为这部小说开始的叙述是两条线齐头并进，到了西宁后，两条线并成了一条线，一直推进到小说结尾。

一条线："我"，梦想家，吉他歌手袁彬，应曾在一起"北漂"的美女歌手古影子之邀，从北京坐火车去西宁，"来一场说走就走的旅行"。"如果因此收获了爱情，也是意外的惊喜啊。……就算没有碰撞出爱情的火花，能在青海湖的月光下唱诗、唱歌、弹吉他，也足够浪漫和抒情了。"然而，到了西宁之后，"我"看到古影子已经有了贴心的男朋友小许，小许还是一名警察；她请"我"吃饭时带了一位名叫汪红红的女警察，似乎"要在我和汪红红之间牵线搭桥做红娘"，而"我"对汪红红"并不来电"。"我"感到"失落、失意和心酸、心痛、妒忌，还有爱，相互混杂、啮噬……"觉得古影子接下来安排去青海湖、德令哈的行程和活动"了无趣味了"。

另一条线："我"上了列车后，发现对面铺位的乘客是个长得"越看越像"古影子的女孩。从交谈中得知，这个名叫杨洋的女孩是去西宁寻找她的网恋男友"陈彼得"。"我"根据杨洋的恋爱故事和种种迹象分析，她已身陷网恋骗局，那个向她"借"了40万元后玩失踪的"陈彼得"就是个骗子。果然,到了西宁石坡街后发现,"陈彼得"的所谓"梦想家"咖啡店根本就不存在!我陪杨洋到派出所报案,但杨洋似乎还心存幻想:"总觉得彼得是在考验我,他就在某一个地方等我……对,他就在德令哈,在德令哈的别墅里,在烤羊排……"

两条线合二为一:当天深夜,"我"突然接到一个陌生电话,原来是杨洋借别人手机打来的:她在去德令哈的途中丢了包和手机,困在315国道边的刘家湾加油站……"我"连夜打车找到她,并随她在国道上搭大货车去德令哈,谁知大货车半道上抛锚(抑或是司机有意为之),"我"和杨洋只好相互搀扶相互支撑,徒步前行。由于极度疲劳和瞌睡,我们在荒漠土路上躺倒了。"我"做了个梦,梦见了青藏铁路,梦见了一望无际的青海湖。等"我"梦醒之后,发现杨洋不见了。

"我"继续搭车赶到德令哈,看到杨洋已先"我"到达,"陈彼得"向她炫耀的别墅也是子虚乌有。幡然醒悟的杨洋"定定地看了我片刻后,突然扑上来,紧紧抱住我。然后,她就哭成了泪人"。

在海子诗歌陈列馆,"我"和杨洋与从西宁赶来的古影子、汪红红会合。在德令哈的夜幕下,在陈列馆外,"我"弹起吉他,演唱了古影子配曲的海子《日记》,并给汪红红伴奏了一曲《致敬德令哈》。杨洋演唱的英文歌曲《乡村路带我回家》惊艳到所有人。这时候,古影子的男友小许和西宁接待报案的民警赶到，杨洋随他们回西宁处理案情。"我"
和古影子、汪红红的托索湖之行，因为汪红红突然接到单位
的紧急任务而提前结束。"古影子已经和我原来心里的古影
子不一样了，再留下的心情也远离了我来时的初衷。""我"
跟古影子告别，坐上了返程的列车。让"我"不敢相信的
是，坐在"我"对面铺位上的竟是杨洋！她被骗的案子真相
大白——那个大骗子"陈彼得"居然是个女人！列车启动
了，"在突如其来的惯性作用下，我们互相没有站稳，拥到一
起了"。

　　表面上看，"上青海"是一次偏离初衷的旅行，实际上，
这正是作家的精妙构思。因为被骗女孩杨洋的出现，因为梦
中女孩古影子已经另有所属，"我"所期望的浪漫之旅完全被
打乱，对青海湖的美景、西宁的美食也不再有兴致。"我"由
被动变主动地关心帮助深陷网恋骗局的杨洋，从西宁一路陪
护到德令哈，最终挽救了濒临绝望的杨洋，也阴差阳错地赢
得了杨洋的爱慕。真可谓，"众里寻他千百度，蓦然回首，那
人却在，灯火阑珊处。"通过故事情节的反转、人物的心理落
差，达到非同寻常的艺术效果。

五

　　作家赵大河原是《青年文学》的责任编辑，陈武的《天
边外》《夏阳和多多的假日旅行》等小说都是经他之手发表。
他在《天边外的烟火气息》一文中评述：陈武的小说语言好，

干净、明亮；陈武擅长写"小"，小人物、小故事、小情调、小趣味、小悲欢；陈武的小说充满浓郁的烟火气，每篇小说都要写到吃吃喝喝这些事，他写这些不厌其烦，细致，耐心，津津有味，由吃吃喝喝这些生活中再平常不过的事，来呈现人物的性情，写人物微妙的心理活动；陈武的小说中多有留白，如中国画，意到为止，并不写满，给读者留下大量的想象空间；陈武擅长写女人，他笔下的女人不管漂亮不漂亮，似乎都妩媚、摇曳、柔软……

　　我以为赵大河对《天边外》等小说的评述极为准确，对陈武小说的语言风格、叙事特色和人物描写的特点我就不再絮言。我想说的是，陈武的"行走小说"是对"行走文学"强有力的拓展或者是一种突破。即便是20年前"行走文学"风头正劲之时，《天边外》《夏阳和多多的假日旅行》就已经另辟蹊径，以小说的形式拓展了"行走"的文学空间。这在当时独树一帜，至今二十年来也不多见。《上青海》《济南行》等小说的问世，说明陈武延展了过去的辉煌，出手不凡，更见功力！

　　陈武"行走小说"的框架都是"一次说走就走的旅行"，但较之于游记、散文等文本，小说可以虚构人物和故事情节，可以描写旅行中的邂逅、爱情、私欲和复杂的人性，更可酣畅淋漓、恣意汪洋地发挥作家的想象力和创造力。

　　据悉陈武最新一部"行走"内蒙古呼伦贝尔大草原的中篇小说已经杀青，将在近期发表，这让我们有了更多的期待。

构筑小说的别样风景

一、第三波"风暴潮"

近三四年是作家陈武小说创作的第三波"风暴潮",或者说是第三个高峰期。这短短几年,他在全国各大期刊发表了一百多万字的长中短篇小说,多次被《小说选刊》《中华文学选刊》《北京文学·中篇小说月报》《作品与争鸣》等选载,荣获紫金山文学奖、《雨花》文学奖、《山东文学》奖等重要奖项。"陈武文集·北京追梦故事"系列六卷本便是他近年小说创作成果的辉煌展示。

按照百度的说法,"风暴潮"就是破坏力极强的风暴海啸。我用在这里只是想表达这波"大潮"超乎寻常的力度和强度。为什么要说这是陈武小说创作的第三波"风暴潮"呢?当然,这是因为前面有第一波和第二波。第一波是在20世纪90年代中后期至21世纪初那几年，陈武发表了《时间风景》《鱼烂沟》《拉车人车小民的日常生活》《换一个地方》《天边外》等一大批中短篇小说，发表并出版了《连滚带爬》《我的老师有点花》《废品收购站的初恋及其他哀伤》等长篇小说，《换一个地方》获第二届紫金山文学奖中篇小说奖。第二波大约在2012年至2016年这几年，《支前》《火葬场的五月》《吴小丽一周的琐屑生活》《中介》等中短篇小说被《小说选刊》《小说月报》《中篇小说选刊》等选载，长篇小说《蓝水晶》得到广泛好评。到了第三波大潮，势头更强更猛。我做过一个粗略的统计，从2019年至2022年4月，陈武在《人民文学》《中国作家》《十月》《清明》《青年文学》《小说月报·原创版》《长江文艺》《山东文学》《山花》《雨花》《安徽文学》《飞天》等刊物发表长篇小说一部、中短篇小说三十余部（篇），更有《恋恋的时光》《三姐妹》《自画像》《上青海》等名篇被多家选刊转载。2020年底，江苏省第九次作代会期间，我亲耳听到《雨花》主编朱辉惊叹："陈武啊，你最近写疯了呀！"

二、"北京追梦"人的奋斗简史

2022年3月，"陈武文集·北京追梦故事"系列六卷本由中国文史出版社出版发行，包括长篇小说《像素》，中短篇小说集《街拍者的镜头》《三里屯的下午》《自画像》《灯色》《拼车记》，收录长中短篇小说35部（篇），共计107

万字。

《像素》是这套文集里唯一的长篇小说。"像素"是专业术语,也是北京的一个生活小区。作为一个生活小区,这里生活着形形色色的住客,每个人又有着不同的"像素"。小说描写了一个刚刚大学毕业的男青年和生活在他周边的几位青年女性的日常生活轨迹,他们在生存、创业、交谊、爱情中所遇到的种种困惑和遭际,以及克服各种困难,抵御各种诱惑,不断奋斗、成长的故事,十分切合当下年轻人的生活情状。作家对人性的观察和对人心的把握到了精细入微的程度,有波澜,有起伏,有淡淡的哀伤,又有深深的留恋。

《街拍者的镜头》收录了《像素老庞》《仙草》《街拍者的镜头》《蓝围巾》《朱拉睡过的床》五篇小说。这一组小说的故事背景,主要是在北京朝阳或毗邻北京的河北燕郊,生活在这里的大多是新北京人和北漂者。他们在日常生活中都有着不同的飘浮感和游离感,有着对北京的隔膜和无奈,又迫切地希望被认同,被接纳,同时也都具备一种奋斗精神、奔跑精神和改变精神,他们的情感遭遇和生活遭际,也是如今大部分生活在底层的城市人的共同感受。本书的跋文是作家赵大河和陈武的对话录《"北京追梦"故事我还会写下去》。陈武在其中透露了"北京追梦"故事的写作初衷。赵大河则认为:今天的城市是个光怪陆离的大舞台,形形色色的人物在上面演出各式各样的故事。城市,为写作者提供了肥沃的文学土壤。另外,文学写作者和读者也多数生活在城市中,所以城市文学的涌现是必然现象。

北京三里屯是个时尚街区，这里有许多酒吧和世界品牌店，也汇集了全国各地的美食佳肴，是北京年轻人的打卡点，也是外地来京人员经常光顾的地方。《三里屯的下午》这部小说集，反映的正是三里屯一带从事各种职业的年轻人，在时代前进的大潮中所遭际的情感纠结和人生困惑。在理想和现实、生活和工作产生矛盾时，他们有的犹豫不决，有的勇敢面对，有的干脆退缩，表现出了他们内心的诚实和对美好世界的向往，是"北京追梦"故事的真实反映。作家张亦辉在本书的跋文里写道："除了数量惊人，陈武这些近作也明显有了漂移与嬗变，它们更切近日常与现实，更贴近生活与时代，在生活与艺术之间的切换更自由更自然，而且作家本人也如影随形频频进入叙事，带给我们一种强烈的设身处地的现场感。毫无疑问，陈武现在的创作真的已经抵达这样的包容状态与涵摄境界，仿佛生活中的任何事情任何际遇，都可以被他悉数吸纳、消化并写成小说。除此之外，他在叙事风格上也做出了调整与拓展，他不再拒绝戏剧性与巧合，不再执守固有的写作习惯与范式，进入了一种一切均可化用、万物皆有生机的自由之境与宽广之境。"

《自画像》所收入的小说，反映的是城市知识阶层在经济转型期的奋斗和困惑，他们中有自由画家，有独立音乐人，有文化公司的编辑，有公司白领，也有公司蓝领。在创业和工作中，他们无一例外地遇到了各色各样的问题，情感的，人事的，家庭琐屑的。如何解决这些问题，考验的不仅是他们的能力和智慧，还有自身需要解决的问题。在纷繁复杂的人事和情感纠葛面前，他们各显神通，为自己寻找到了适合的路径。

《灯色》收入《猫脸》《你是我最好的书》《灯色》《小棉袄》《坐姿》《波F便利店》《芳邻》《声音》《栅栏小院》九篇小说。作家敏锐地观察北京生活小区里的芸芸众生，以生动的笔触书写他们的生存状态。其中有在职场中打拼的青年男女的情感纠葛，也有普通饮食男女的拼搏和奋斗，还有以这场还没有结束的新冠肺炎疫情为背景的故事演绎。作家、评论家李惊涛给本书作跋，他认为陈武的小说创作发生了两个显著变化："第一个是，作品由冷变暖。这里的冷暖指的是小说的调子，也是我阅读的突出感受。……这要说到陈武创作变化的第二个特征，即他在小说中所写的生活，正由异常向日常转移。这也可以理解为由冷转暖的另一套说辞。因为冷和暖，只说出了感觉，说出了表象，却像说了硬币的正面没说背面；而事情的真相，常常隐藏在背面。"

每个起早贪黑、忙忙碌碌、穿行在陌生人潮中的身影都有自己的故事。《拼车记》收入《你才倒霉了》《好好生活》《有多少爱》《有人在周围走动》《拼车记》《一首歌》《曹天和庞丽的几个生活片段》《和乔卫民有关的那些事》八篇小说，描写了在北京生活的普通人追求梦想的故事，表现了这些普通人在追求梦想时"执着、相伴、追求、守望"的心灵之光。陈武在《写在后面的话》里说："在百万字的小说里，写了许多形形色色的人物，他们就像我每天路过的这个园子里的各色风景，呈现出不同的姿态。而我个人，在写作这些作品的过程中，也经历了各种各样的感受。"

三、新境地和新高度

陈武的"北京追梦故事"系列小说被全国多家期刊隆重推出，引起文学评论界的关注和一致好评。

中国当代文学研究会会长、评论家白烨认为："北漂"作为社会演进中的一种随行现象，已经存在了数十年。对此已见怪不怪的人们，其实并不了解或确知他们如何怀揣梦想、打拼人生，以及他们在这一过程中的付出与获得、欢乐与忧伤。本身就是"北漂一族"的作家陈武，基于自己的切身经历与丰沛感受，把激情倾注笔端，把感佩融入笔墨，既以生动的故事和鲜活的人物为"北漂"们描形造影，也以深切的感受和痛切的感知为自己抒写胸臆。因此，他的小说作品，读来感人至深，读后引人思忖，称得上是"北漂"人的奋斗简史，新时代的创业之歌。

评论家贺绍俊写道：陈武是一位对生活充满热情的作家，他在漂泊、行走、奔波中体尝生活的滋味，观察人生百态，生活成就了他的写作，因为在他看来，写小说就是写生活，他把自己的艺术想象完全放在延伸生活的可能性和不确定性上，更加展示出生活的品相和质感。

评论家孟繁华对陈武的创作成就给予了高度评价。他认为：陈武是当下活跃和引人瞩目的小说家，他的大量作品播撒在大江南北长城内外。丰富的人生阅历和对文学的执着追求，使陈武逐渐形成了个人独特的小说风格——他的语言质朴而生动，生活气息扑面而来，而不断变幻的讲述方式和切入视角，更表达了陈武对小说新境地和新高度的不断追求。

涤荡灵魂的力作
——评颜廷君中篇小说集《爱到不能爱》

　　我是利用周末时间一口气读完《爱到不能爱》的。这本小说集收录了颜廷君近年创作的四部中篇小说，不久前由上海人民出版社出版发行。四部小说可谓篇篇精彩，引人入胜，让我在阅读之余回肠荡气爱不释手。

　　《爱到不能爱》这部中篇小说描写的是光怪陆离的现代都市生活。富豪之子金成龙以"英雄救美"的方式，费尽心机地搭认了影视学院女生艾米，但前任女友马骠骠以怀孕为由不依不饶地缠上了他。单纯善良的艾米被金成龙伪装成"打工仔"的表象迷惑，对他的"失踪"牵肠挂肚。金成龙心烦意乱，被逼无奈，与马骠骠奉子成婚，岂料马骠骠婚后产下一个"黑孩子"，原来她怀的是另一男友——非洲留学生丹尼尔的孩子。金成龙的荒唐作孽给他百病缠身的父亲致命一击，老父去世后，他当上公司总裁，他的"滥情"习性仍没有改变，又盯上了新聘秘书马娅。马娅爱的是留学日本的张琦，她"在金成龙与张琦之间作选择，说白了是对金钱与爱情的选择"。所以，当金成龙遭遇众叛亲离、公司就剩一个空壳之时，她毫不犹豫地又投入张琦的怀抱。短短一年时间，金成龙经历了生死离别、盛衰荣辱，恍若隔世，此时他想到了艾米，也只有艾米的心里一直守候着对他的那一片痴情。噩梦醒来是早晨，金成龙通过了艾米室友们的"爱情测试"，犹如经历了一场灵魂的洗礼，他找到了自己的真爱。

我以为，《爱到不能爱》这个篇名起得特别棒，浪漫时尚，寓意深刻。一层意思是爱无止境，爱到永远；还有一层意思是爱亦有界，既不能放纵情欲地"滥爱"，也不能让爱情沦为金钱物欲的奴隶。

《流莺时代》原名《莫妮卡》，发表于《南方文学》杂志，描写的也是以大上海为背景的当下都市人生，当时就已赏读。结集前，作者作了较大篇幅的修订，这次再读，果然是内容更加充实，文字更加洗练。据说"流莺"二字取自李商隐的诗句："流莺漂荡复参差，度陌临流不自持。"

莫妮卡是个女海归，自创文化传播公司，庄元是大学教授，经常受聘于莫妮卡的公司外出讲课，他们的关系好似无话不谈的"闺密"。莫妮卡与汤姆结婚两年，便因汤姆违背"不要孩子"的约定而离婚，这次她以招聘总经理助理为名，实则是想挑选一位如意郎君，最终入选的是"三号"瑞

恩。莫妮卡与瑞恩的关系飞速发展，准备谈婚论嫁，为了避
免重蹈覆辙，莫妮卡派下属华丽丽利用出差机会"勾引"瑞
恩，谁知瑞恩和华丽丽一见钟情，双双背叛了莫妮卡。庄元
安慰她："瑞恩能背叛你，就能背叛华丽丽，她的苦头在后
头！"莫妮卡召回招聘会上落选的"六号"东健，怕夜长梦
多，与之闪电结婚，又因 AA 制协议产生纷争，两个月后便
"闪离"。庄元劝她"开发右脑，感受幸福"，并要"用心调
教男人"。莫妮卡吸取多次婚变的教训，与周道试婚，并让
周道进修烹调技艺，学习商务礼仪，试图把他打造成一个合
格的绅士。然而周道试婚一百天后便连夜逃之夭夭，还留下
纸条一张："你是武则天，我是太监；你是老师，我是学生；
你是我妈，我是你儿子。"莫妮卡于迷惘中又一次请教庄元，
跟庄元在一起，她突然感到从未有过的静谧和安逸。众里寻
他千百度，蓦然回首，那人却在灯火阑珊处。

《鸟的天空》发表于 2012 年第 6 期《钟山》杂志，甫一
见刊，就赢得读者和评论界的一致好评。说到推销保险，大
家恐怕都不会感到陌生，但读过这部小说，也许你会平添一
番新的感慨。小说是从生活进入窘困状况的一家人开始切入
故事情节的：女儿颜小芹，实在耐不住愈见穷困的家境并希
望早日挣钱让父母过上好日子，准备抛弃推销保险的工作随
吃青春饭的表姐去上海闯荡，而文化程度不高、身有残疾的
父亲颜子义为了留下女儿，与其约定，他在一个月内推销出
十份保险，女儿就不再离家出走。接下来，颜子义以坚韧执
着的精神、正直的为人，硬是从看似一毛不拔的私企老板于

得贵那里签下了保单，使得原本很不看好他的一众人等大跌眼镜。作品从一个另类角度，细腻地捕捉了保险推销员身份卑微却又不甘屈服于命运的倔强个性，也以幽默传神的文字，为当代文学画廊增添了一个保险人的典型形象。过去我们都特别讨厌上门推销保险的人，而恰恰忽略了这个群体潜藏着的心境，也很少去思考这方面问题，读过小说后，我心情酸涩，颜子义这个艺术形象被塑造得鲜活生动，几乎没有大话套话，由他而引发的对真情和良善的追求都让我们万分感动。

《灵魂的歌声》是这本小说集的压轴之作。为了创作这部小说，作者曾亲赴川西羌寨采风，又阅读了大量的羌族文史资料，所以下笔如神、言之有物也是必然。

羌族青年吉格离开家乡三年后，又回到老家纳古寨。吉格的心里，还装着与他青梅竹马的恋人依娜，但所有的人都早已告诉他，依娜已在汶川大地震中遇难。吉格陷入深深的自责，认为是自己去了北京，没有跟她在一起，如同临阵脱逃，陷依娜于死地。依娜的父母有意让其妹妹依莎嫁给吉格，原来这也是依娜的愿望！更出人意料的是，依娜并没有死，她在大地震时毁了容，变得面目全非，便再也不愿以残破的面容，面对自己深爱的人。那个在《羌魂》剧场上戴着面罩的歌者，那个在月夜雕楼上歌唱的"鬼魂"，其实就是依娜！因为深爱，所以"以死相瞒"，所以永不面对。这种爱最凄苦最残酷！吉格的心被深深地震撼，他发誓，要一辈子看着依娜残破的脸，这是世上最美丽的脸！文章结尾，新生儿一声响亮的啼哭告诉我们一个圆满的结局：有情人终成眷属。

　　小说以吉格回乡追寻爱情为主线，穿插了大量关于羌族风俗人情的描写：《开城歌》大气磅礴，《咂酒歌》优美动听，黑虎寨浩然凌云，《羌魂》剧场宛若仙境，萨朗舞精彩纷呈，释比文化神秘莫测……这些原生态场景和风情画面的生动展现，可见作家的用情之切、用心之深。

　　这四部小说在结构上各有特色，构思严谨，布局合理，张弛有度，步步深入；小说语言风趣幽默，新颖奇峻，简洁明快。尤其是人物对话，闻其声如见其人，自然而贴切，精准且独特，足见其创作功力之深厚。作者已将《鸟的天空》《爱到不能爱》两部中篇改编成电影剧本，其余两部作品的改编也进展顺利。也许在不久的将来，我们就能欣赏到由这些小说改编的影视作品。

飞扬与梦想

——评王成章长篇报告文学《国家责任》

拿到王成章先生这本《国家责任》后，我正好出了趟远门，一周时间，随身的行李包里就装着这部厚书。说实话，面对一本近六十万字、五百多页的大部头，我是有敬畏心理的。但当我打开这本书，读了寥寥几页之后，我就知道，这是一部值得潜心阅读并与我随行万里的书；等到我被深深吸引并在途中读完这本书的时候，更是禁不住掩卷赞叹：这是一部真正意义、货真价实的大书！

《国家责任》是一部报告文学，或者说非虚构文本。本书的主人公张国良，在连云港这座城市，可以说家喻户晓，媒体上时有报道，那么大的企业雄踞港城，随便拉个人都能说出个一二三来。写这样一个超高知名度的人物，是有超高难度系数的。而且张国良本身就有很高的文学素养，出过三本散文集，文笔相当了得，一般水准的作品岂能入他的法眼？记得当时听说王成章在创作张国良及鹰游集团的报告文学，我还真为他捏了一把汗。

但《国家责任》这本书写成了，厚重、扎实、文采飞扬及满满的正能量，超出了我们的预期，据说也超出了张国良本人的预期。著名评论家丁晓原在综述 2015 年全国报告文学成果时评价：《国家责任》记录了碳纤维企业站在行业制高点上，打造"面向全球崛起品牌"的创业史；观照行进中的中国，讲述了精彩的中国故事，洋溢着时代精神。

这本书取名《国家责任》，就意味着这是一部表现重大题材的宏大叙事作品，既要立意高远、气势如虹，又要场面博大、纵横捭阖。这一点，王成章先生做到了。

《国家责任》是有关张国良的第一部传记，也是一部企业成长的真实记录。张国良，这个时代的弄潮儿，经过三十多年的卧薪尝胆、栉风沐雨，将一家濒临破产的纺织机械厂发展成现代化的企业集团、国家级重点高新技术企业；他与他的团队突破了欧、美、日等国对碳纤维的严密封锁线，以背水一战的勇气，克服千难万险，创造了中国碳纤维的神话，圆了国人四十多年碳纤维"中国造"的梦想。我们从张国良不平凡的创业史中，从一个侧面看到了我国改革开放三十多年波澜壮阔的历程。

张国良是一个传奇，是一座城市的精神标杆，是这个时代的英雄。他所创立的鹰游集团，为地方经济树立了一座丰碑。张国良说，企业就像一条船，工人在船上时都有一种安全感，如果船沉没了，一个人抱着救生圈在海上漂流，那种感觉是多么孤独！所以张国良说他经常做噩梦，梦见几千人没饭吃了，这就使他有了深刻的忧患意识，有了更大的理想和担当。他走出的每一步，都担负着谋求企业自身发展与造福国家、行业及社会的双重责任。为此，他立下"为祖国争光，为民族争气"的宏愿，为了梦想奋斗不息。他的个人理想和奋斗与伟大时代的中国梦交相辉映！音乐家卞祖善评价他是一个有道德有良心有大爱的企业家。"中国现在有一个张国良，中国需要更多的张国良；他是连云港的骄傲，也是中国的骄傲！"

《国家责任》是一部正气浩然、激情昂扬的英雄史诗。张国良的创业实践和鹰游企业的成长历程是贯穿全书的主线，一个个精彩故事像一颗颗珍珠串联在一起。书中描写了张国良与胡锦涛的五次会面，以及李克强视察神鹰碳纤维公司的情形，中央领导对碳纤维事业的关怀和支持，给予张国良和鹰游人极大的动力和鞭策；书中还详尽描写了几任市委书记等地方领导对张国良及鹰游集团的关心和支持，描写了张国良与中国建材及国药集团双料董事长宋志平的"英雄联盟"，描写了张国良与"怪球手"王奇的"不打不相识"，描写了张国良与科学家师昌绪，音乐家卞祖善、盛中国等人的交往，描写了张国良与奥运冠军杜丽的"舅甥"情……同时，作为一部企业成长史，作家也不吝笔墨地描写了张国良创业团队及鹰游人的群体形象。这里面包括"我们十个人"中的其他九位，包括第十一个人、与张国良惺惺相惜的张应东，包括敬业勤勉、美丽细心的刘燕，包括从毛巾厂过来的赵斯珍，包括伴随着鹰游一起成长的郑江文、叶燕平、李学波、徐同强、张毅以及更年轻的陈秋飞、迟玉斌等人，包括张国良的儿子、"创二代"张斯纬，还包括那两名因违反厂纪被开除后又重新回归的员工……这些人物故事精彩纷呈，真实感人，给人留下了深刻的印象。

文学性与知识性的高度契合，也是这部作品的一大特征。通过阅读此书，能学到许多过去闻所未闻的知识，比如说，什么是碳纤维，什么是"鹰文化"，什么叫烫光辊，什么叫"休克鱼"理论，还有运动自行车的组装、小提琴的制作工艺、毛毯的三次技术革命等，还有四特酒的由来、张国良那个"鸡鸣三省"故乡小村的历史沿革等，甚至还有鹰游山、小海、大浦这些地名掌故等，说古谈今，纵横天下，涉及高科技、新材料和历史、地理、人文、体育、中西方音乐等多个领域，令人大开眼界。

《国家责任》把握时代的脉搏，营造宏大的社会场景，同时，作家以细腻灵动的笔触，探入人物丰富幽微的内心世界。比如写张国良当厂长后的三次落泪，写他居安思危、商海沉浮的梦境，写他含而不露、埋得深深的激情好像"那种离地表很远的强地震"，写他每每做完一件大事，都爱到海边看看那滔滔白浪，听听那振聋发聩的涛声，写他志存高远、奋勇搏击的鹰之梦想……通过内心活动的成功挖掘，人物形象变得血肉丰满。张国良既是一个传奇英雄，也是一个普通的人，一个平凡的人。正如一名鹰游员工所说，他是一个和蔼、幽默、威严的人，一个理智、善良、勤劳的人，一个负责任、有爱心的人。他作风硬朗、铁骨铮铮，在内心深处也有一块柔软的角落。男儿有泪不轻弹，只是未到伤心处。当慈母离世，老员工退休，企业取得重大成果之时，张国良抑制不住的深情和思绪瞬间化作泪水夺眶而出，尽情流淌。这泪水是对亲人的依恋和难舍，是对并肩作战的兄弟姐妹那份诚挚的情怀，是百折不挠取得胜利的喜悦！

这是一部彰显人情之美人性之美的力作。本书开篇，张国良与高慧在火车上邂逅，由此结下一生的姻缘，相濡以沫，忠贞不渝，这样的爱情故事仿佛一个传说，与时下一些大款富贾的纵情声色形成鲜明对比；张国良是个严父，也是个柔情似水的男人，儿子结婚时，他在台上致辞，讲到多年来因忙于工作，没能陪孩子看过一场电影，去过一次公园，那一刻他数次哽咽，情到深处，感人肺腑；母爱是温暖和滋养张国良心灵的光华，母亲教他做人要有大海一样的胸怀，他对父母、岳父母、小姨以及对家乡的浓浓感恩之情更是动人心弦。大孝有大忠，正是这份深沉真挚的孝心，让他情牵梦绕家乡那片土地，多次斥巨资无偿支援家乡建设；在国家有难时，义无反顾地捐出上千万的救灾物资；在国外技术封锁时，他夜以继日地钻研并蹲守在生产第一线，只为早日生产出国产化的碳纤维原丝。

张国良是个有大爱的人。书中有一节写他的"呼伦贝尔之爱"。张国良到内蒙古呼伦贝尔市考察市场，无意中获悉边防战士"喝劣质水"严重危害身体健康的问题，他连夜找到军分区领导，第二天一早就赶往祖国版图"鸡冠子"最顶端的边防哨所了解情况。战士的困难牵挂着他的心，让他夜不能寐；对保卫祖国的军人，他有一种天然的浓烈的爱！这个中秋节，他年逾八旬的母亲特地从老家来看他，他都没有陪陪老母亲，而是带着专家又赶到边防哨所，将月饼送到战士的手中，并和专家现场测量、设计方案。在短短的半年多时间里，他三上北疆哨卡，为边防连队安装了十套水处理设备，解决了官兵们的吃水问题。从黄海之滨到呼伦贝尔大草原，张国良的情感世界像大海一样深邃，像草原一样广博。

书中另有一节，写的是张国良救助何平平的故事。为了拯救这个身患尿毒症的女孩，他在三年时间里捐助了六十多万元，终于让她做了换肾手术，给了这个原本素不相识的贫困女孩第二次生命。相信每一个读者看到这里，都会被触动心弦。这是最无私最纯粹的人间大爱，这是一个企业家回报社会、传递正能量的崇高情怀。

王成章先生是一位兼写报告文学、诗歌和小说的"三栖"作家，他的长篇报告文学《抗日山——一个民族的魂魄》相继获得江苏省"五个一工程"奖、第五届"紫金山文学奖"和首届"石膏山杯"全国征文大赛奖，可谓实至名归。为了创作《国家责任》一书，他深入采访调研，收集了大量翔实的资料；创作过程中，他用情、用心、用力，把诗歌的浪漫情怀、小说和散文的叙事笔法，融会贯通加以运用，形成了独特的艺术风格。书中"怪球手王奇与夜袭张楼"一节，写得悬念迭起，曲折离奇又妙趣横生，人物性格跃然纸上，颇似一篇独立成章的小说。建设碳纤维厂的"大浦会战"，白天对付苍蝇，晚上对付蚊子，环境之艰苦如同当年铁人王进喜的大庆会战；在碳纤维生产线模拟试车之际，面对重大风险，张国良三天三夜没离开控制室，七十四天没离开生产线，心里时常有两种声音在打架，如履薄冰，如踩着蒺藜行走，身体和心理的煎熬都达到了极限。这些描写细致入微，甚至惊心动魄，逼真地再现了当时的恶劣环境和紧张气氛，成功塑造了典型环境中的典型人物。

"呼伦贝尔，我的爱"一节，则像一篇优美的散文，写景抒情，情景交融，让人如临天高云淡、辽阔壮美的北国边陲，如沐边防官兵的炙热情怀，真切地感受到张国良的深沉大爱和赤子之心。读者阅览的过程，犹如接受一次心灵的洗礼。再如书中多次描述鹰及鹰文化，以及春天、大海、月色等景物，仿佛一阕悠扬婉转的旋律在反复咏叹，一波三折，首尾呼应，对人物的刻画起到了很好的烘托作用。

纵观全书，诗歌、戏曲、音乐、绘画等多种艺术手法有机啮合并产生叠加效应，谋篇布局采用西洋画法的焦点透视，主线副线同频共振交相辉映，抒情叙事更像一部散文巨制，显示了作家扎实的学养功底和高超的写作技巧，也让读者领略到了报告文学这一文体的开阔视野和浑厚魅力。

塑造信仰之魂

——读王成章长篇报告文学《先生方敬》

捧读王成章的长篇报告文学《先生方敬》，我再一次感到深深的震撼。这本书是王成章继长篇报告文学《抗日山——一个民族的魂魄》和《国家责任》之后，"家国三部曲"的第三部，出版这"三部曲"的人民出版社推荐此书："笔指人性金字塔之巅，追溯中国知识分子灵魂之旅。更恢宏，更细腻，更感人！"

《先生方敬》延续了"家国三部曲"前两部的恢宏厚重，全书长达62万字，不仅记述了方敬从上海的大学退休后毅然回到故乡27年，春风化雨、鞠躬尽瘁，设立"景清奖学金"，倾尽200余万元积蓄资助260多名寒门学子步入高校的感人事迹，还追溯了他一生赤诚报国、烛燃杏坛、不忘初心、牢记使命的动人故事，以及他为中国成人教育做出的实践与理论上的双重贡献，实乃一部共产党人的奉献史诗，一曲当代教育家的纯美赞歌！

美丽的生命从来无须雕琢，因为它本就简洁而深刻

《先生方敬》的第一章，"一支蜡烛在自己的光焰里睡着了"。2018年10月26日，一个秋风凝寒的夜晚，方敬先生的生命熄灭了最后的一丝亮光，"他的灵魂化作了沧海飞舞的蝴蝶"。

按照先生的遗愿，一切从简，没有哀乐，也没有举哀。人们想到了他的遗嘱：遗体捐献给徐州医科大学用于教育教学和科学研究。

作者深情地写道："方敬如一片静美的秋叶落下了，却给了我们一个金黄的秋天。他用几十年如一日的行为，诠释了一辈子只做好事不做坏事，诠释了如何做一个高尚的人、一个脱离了低级趣味的人。他的真情似泉水，直抵心灵。他的精神不灭！"

如果将《先生方敬》这部书分成上下两卷的话，我以为，从第一章至第十六章，是上卷部分，追溯方敬退休前的人生履历。

"你这本书要让人思考，人从哪里来，要到哪里去？人活着为了什么？什么样的人能留下来？留下些什么？"在此书的前言里，作者借用时任连云港市赣榆区委常委、宣传部部长许思文的问话，揭示了这部书的创作旨要："好的作品是什么呢？拷问人性的作品是最好的。无论是电影或文章，能够有生命力的都是拷问人性的作品。"

在王成章的笔下，方敬的一生真诚而低调，简洁而深刻；他不需要神话，也无须雕琢。

方敬原名方锡敬，1931年1月31日出生，在上海的屋檐下度过了童年时光。1945年抗战胜利后，方敬在被誉为"民主堡垒""小解放区"的上海华东模范中学读了三年高中。该校由胡景清等三位之江大学土木系的应届毕业生创办，很多老师都是地下党员和进步人士。华模中学似"一团火"，点燃了方敬心中的火焰，胡景清也成了他一生最难忘、最景仰的恩师。半个世纪后，方敬把自己为宋庄中学筹资设立的奖学基金命名为"景清奖学金"，将自己在故乡的居所起名为"景清书苑"。

新中国成立前夕，满腔青春热血的方敬参与共产党领导的学生工作，加入"青年进步协会"，出任地下党领导的《中学时代》杂志美工编辑，因此进了国民党限制学业黑名单。1951年后，方敬先后担任上海市老闸区第一职工学校校长、提篮桥区第二及第一工校校长、虹口区第三业余中学副校长、虹江中学副校长等职。

特殊年代里，方敬冒着风险成立"地下学店"，为孩子们授课，开设数学、英语、语文、书法、武术等课程，亲自担任语文与书法教学。1977年恢复高考后，"地下学店"走出二十多位大学生，有的甚至出国深造，许多人成了行业精英。

荒唐岁月中，方敬是长兴岛上的"鲁滨逊"。在这里，他割麦，割稻，打谷，运输，挑土，施肥；在这里，他搬砖，电焊，拉沙，拉水泥，做地坪，开拖拉机，修路运煤，铺油毛毡，修理水泵，做篮球架，砌沼气池，改建厕所……一个在荒岛上寻觅的灵魂，他相信：你有多勇敢，世界就有多软弱；活着就要热气腾腾，笑着活下去；那些打不败他的，终将让他更强大。

1977年7月，方敬奉命筹建上海虹口区业余大学并出任校长。后历任虹口区教育科学研究室副主任、上海市成人教育研究室副主任等职，直至退休。任职虹口区业余大学校长期间，方敬不下十次北上教育部，解决了上海成人教育学校面临的在教育部备案、职称评定、毕业生待遇三大问题。专职从事成人教育研究之后，方敬承担了上海市和国家的很多研究课题，在全国各地举办讲座，出版了专著《成人教育思辨》等书。

得知文徵明研究专家周道振先生60年的研究成果——《文徵明年谱》没有资金出版，为"免愧对前贤，使国人负无人之讥"，方敬带头募集资金，筹款7万元为其出版，成就一段文坛佳话。其"上不负国人，中不负亲友，下不负来者"的忠义之举，被评论家誉为"侠气干云"。

青春无悔、中年无怨、到老无憾，这是方敬追求的人生境界，也是他生命履历的真实写照。

捧着一颗心来，不带半棵草去

《先生方敬》的第十七章，以方敬的一首诗《家乡行》开头，描述了先生对故乡"浸入血液的情感"。作者写道："故乡，是一杯烈酒，醇香浓厚，暖在心间；故乡，是一碗清茶，香气四溢，飘向远方。"

连云港市赣榆区宋庄镇任庄村，是方敬父母的生身之地。从1978年第一次返乡起，故乡成了方敬的牵挂，每每想起宋庄，"他就觉得火烧火燎，难以自持"。因为那时候的宋庄还很落后，不仅教育落后，人们的思想更落后。于是，他每年都要回到故里，尽自己的力量，帮助家乡发展。

方敬最关心的是故乡的教育和文化。祁斌、祁明旭、祁海燕三兄妹的故事，是方敬在故乡的诸多助学故事中的一个。方敬晚上给村里的孩子们上书法课时，发现5岁的祁斌很有天赋，便对他着意启迪施教，鼓励他好好练字；每次回乡，都给他带来名家字帖；回到上海还写信帮他列出练字计划。祁斌后来考入南京艺术学院书法专业学习，成为书法名家。祁斌的弟弟祁明旭，上学早又贪玩，成绩一度是年级倒数，在方老师谈心启发下，成绩跃升年级前两名。方老师还帮助他选择大学志愿："你要是被西安交大录取，便是我最大的收获和欣慰！我到时一定为你鞭炮铺路，披红挂彩，亲自送你上火车！"从西安交大获得动力工程及工程热物理博士学位后，祁明旭承担了多项国家自然科学基金项目、国防重点实验室基金研究项目。妹妹祁海燕遇到高考填志愿的事，方敬说："就考复旦吧，到我家吃饭方便。"后来，考入复旦大学的祁海燕几乎每个周末都到先生家打牙祭，"先生自己买菜、下厨，走时通常还要塞一两个玻璃瓶封装的食物给她带回学校"。

方敬总是鼓励学生："好好学习，将来做对国家有用的人！"报效国家，无怨无悔，是方敬毕生的追求，是方敬永远的初心！

1993年春天，方敬开始了"景清奖学金"筹备计划，第一次基金目标为3万元。他首先捐出自己近年积攒的1万元。

1998年1月，方敬挥别生活了67年的上海，远离妻子和孩子，回到他日夜牵挂的故乡，把自己的晚年和宋庄紧紧地联系在一起。"因为孩子们需要！因为他是共产党员，是一个有责任的教育工作者！他不愿做蜷缩在火炉边偷懒的绅士，而要做在贫瘠土地上高歌欢笑的勇士！""他把自己在上海的'一草一木'都带回了宋庄，要把余生全部献给故乡的孩子们。他似一头倔强的老牛，愣是拉不回头。"

从此，在故乡的景清书苑，这个头发花白、面色红润的老人，过着"一箪食一瓢饮""一卷书一支笔"的简朴生活，不断发出光和热，激励着寒门学子，温暖着邻里乡亲。

任庄村的郭秋霞，从小就是学习尖子，但家境贫困，负担不起上高中的费用。方敬闻讯，前后资助5000元，让她读完高中，考入华东师范大学；柳杭村的尚天潇，第一年高考失利，复习时没有钱，方敬在大信封里装了5000元，信封上写着"尚天潇先生专用"，专程送给年仅21岁的他，令他感动万分，也更加激发了他的雄心。他先后从中央美术学院中国画硕士和书画比较研究博士毕业，现为西泠印社社员、中国书法家协会会员，执教于中央美术学院中国工笔画高研班。

方敬本人的影响力和对孩子的无偿资助，大大激发了四乡八邻重教尚学的热情。从 1998 年至 2015 年方敬捐资助教的 17 年间，任庄这个 1400 余口人的小渔村竟然出了 140 余位大学生，其中有博士 2 名、硕士 4 名，尊师重教蔚然成风。他用自己的所学所长反哺桑梓，嘉言善行垂范乡里、教化乡民，感化了十里八乡。当地民风乡风得到淳化，文明新风扑面而来，名不见经传的小渔村成为远近闻名的省级文明村。

他本可安逸富足度日，却俯首甘教总角小儿、乡野农夫习字，倾其所有捐资助学。为了学生，甘为骆驼；与人有益，牛马也做。景清书苑成了天下最温暖的书斋！

作者在后记里再次饱含深情地写道："他走了，景清书苑的灯还亮着……"

捧着一颗心来，不带半棵草去。方敬的一生，是知行合一教育家的一生。遇见方敬，让我们意识到，人的灵魂假如只局限于狭小的自身，陶醉于自我的小生活、小成就，内心的天平就会因为利害得失而倾斜。而总有一种人，乐于为祖国和人民奉献自己的一切。正是这样的人高擎着信仰，推动了国家的复兴。他们无论面对怎样的艰难困苦，都从未忘记自己的初心。

叩响信仰之问，塑造信仰之魂

遇见，即是一次改变。

早在 35 年前，王成章就在故乡赣榆青口镇举办的方敬书法讲座中，有幸见过先生。那时他还是一个师范生，第一次听到具有海派特色的演讲。先生潇洒而博学，这是他对方敬的第一印象。

2018 年 5 月，作者采访方敬时，先生已是耄耋老年，但他的生命就像种子一样，充满了活力。先生本身就是一个播种者——那些播下的种子都已茁壮发芽，那些绽放的花儿都已芬芳飘香。

作者全身心地走近方敬，贴近一个伟大而纯粹的灵魂，"在梦里，也在他左右，与他交谈"。作者纯美的文字便如清澈的溪水，从心间、从笔端流淌出来……

为了写好这部书，作者先后采访了方敬的学生、同事、朋友、家人，以及宋庄村民数百人，展开了前所未有的大调查、大采访和大求真。他一路行走，一路采写，一路不断体察着人性的光辉，有些采访是在泪光中进行的。他触摸到了历史的天空，感悟到了信仰的力量！

世界上有两样东西最能震撼人心：头顶上灿烂的星空，内心里崇高的道德。

丰子恺讲人生的三重境界：一是物质生活；二是精神生活；三是灵魂生活。王国维也说古今之成大事业、大学问者，必经过三种境界："昨夜西风凋碧树，独上高楼，望尽天涯路"；"衣带渐宽终不悔，为伊消得人憔悴"；"众里寻他千百度，蓦然回首，那人却在灯火阑珊处"。方敬先生就是登上了第三层楼、达到第三种境界的贤者。

文化最高的境界是精神，精神最高的境界是信仰。儒家思想的精髓就是"仁者爱人"，爱人者，人恒爱之；敬人者，人恒敬之。在作家笔下，方敬先生是中国传统知识分子中，最后一批儒者的代表。他是情系苍生、心怀家国的儒者，是崇文兴教、助学扶困的善者，是反哺桑梓、淳化乡风的贤者，是睿智豁达、淡泊名利的长者，其博大胸怀、无疆大爱，其奉献精神、道德榜样，感动一座城，润泽全国人。

方敬的故事永远没有尾声。王成章以这部大书，给我们留下了一段人生传奇，塑造了一个信仰之魂，必将震撼世间心灵！

青春的芬芳格外香

默默耕耘

我与何尤之相识于 20 世纪最后那两年。当时，省城一家早报在连云港设立记者站，我负责市区的采编和发行工作，尤之也应聘过来，一起为这家早报折腾了两年。

尤之原名何正坤，1984 年从家乡阜宁县农村考上大学，跳出农门，四年后毕业于河北地质学院财会专业，是那个年代分配到港城寥寥无几的财会专业本科生。但尤之的工作似乎并不太顺，先是被分配在皮塑公司下属的一家工厂，后来工厂倒闭，他又到一家展销公司上班。不巧的是这家公司兴起于机关大办三产之时，只撑了两三年就关门了，尤之这个满腹才学的会计师，便偏离"正业"，投靠到早报的通联站。

现在看来，尤之的这段经历跟他后来迷上文学颇有关联。在南小区那间简陋的办公室里，我们相识相知，成了交心的朋友、难得的知己。而我对文学的痴迷，一不小心把他给"传染"了。

那些日子，也是我"下海"五年、四顾茫然之时，搁笔五年重又开写的一个两万来字的小中篇发表了。我送了本杂志给尤之，没想到他看了以后，竟"跃跃欲试，有了写作的冲动"。我知道，尤之这么说是抬举我，区区一篇尚显毛糙的小说哪有这样的功效？倒是以他的聪明才智，只少许用心，写小说的那点神秘感当然一下子就让他参悟了。

新世纪的曙光里，尤之辞别妻女，到深圳求职。凭他的学历和资历，先后成为台资和日资企业的财务主管乃至行政副总。远离家乡和亲人的孤寂，让他在业余时间拿起了笔，先是诗歌散文，接着是一个个打工故事，陆续在南方的一些报纸和杂志上发表。2004年，他的打工故事集《让我走在你的外侧》出版，《南方都市报》记者采访了他，并以《写作杀死了我的孤独》一文隆重介绍了这位初涉文坛的打工作者。

从2005年开始，尤之不再满足于写故事了，转向打工题材的短篇小说创作。当时的打工文学品牌杂志《江门文艺》每年都要发表他的六七篇小说。

2007年下半年，尤之从深圳回连云港，他的小说创作向更加广阔的领域拓展，当然，打工题材还是他的强项。次年一月，他迎来了开门红，一下子发表了三个短篇小说：湖北《都市小说》发表了《寻找灵感的房间》；深圳《特区文学》发表了《通天的路》和《献给母亲的礼物》，该刊总编宫瑞华说："在同一期《特区文学》上发同一个作者的两个小说实属少有。"编者称赞尤之的作品中"有一种温情在轻轻地流淌"，"作者的切入角度和关注点是目前打工文学中所缺少的"。

2009年，尤之加入了江苏省作家协会，不久，中国国土资源作家协会也向他伸出了橄榄枝。近年，他相继在连云港的两三家企业担任高管，还在南京一家连锁金店干了一年多的总经理。繁忙的工作之余，他坦然地放下一切，从容面对电脑键盘，以文为乐，以文为趣，将绚丽的生活图案通过奇妙的文字编织出来，呈献给广大读者。

目前，尤之已在《雨花》《滇池》《绿洲》《阳光》《芳草》《福建文学》《山东文学》《安徽文学》《创作与评论》《西北军事文学》等刊物上发表中短篇小说百余篇，达一百五十万字，可谓大江南北遍地开花。2015年5月，他的短篇小说集《真水无香》由中国书籍出版社出版发行。这一组饱含温暖和挚情的短篇佳构，以幽默风趣的笔触，描绘了处于社会底层的小人物的种种生存场景，展现了他们的喜怒哀乐以及平凡生活本真的一面。

尤之从深圳回来后，我们差不多每月都要聚几次。有一段时间，几乎每晚都在盐河边漫步长谈。在尤之身上，我看到了一个作家勤奋、敏锐、真诚博爱、内心柔韧的特质。我以为，在文学创作这条道路上，尤之一定会走得更远。

青春的芬芳

2012 年前后，何尤之受友人之邀，到南京一家连锁金店任总经理。这一特别的机缘，催生了"金店"系列十二个中短篇小说，也为文学画廊增添了十二个婀娜多姿、性格丰富、独具人格魅力的金店女工形象。尤之已将这十二篇小说结成集子，取名《金店十二钗》，嘱我为集子写个序。

《最高境界》是"金店"系列最先发表的小说。在这篇小说里，作家把作为罗兰金店老总的"我"与十二位美女店员之间进行了情感定位，即小说女主人公紫夕所言："男女交往的最高境界，是心贴得很近，身体离得很远。"在作家笔下，"我"和紫夕之间的关系是微妙的，"既贴不到一块，又不能分开；贴近了，紫夕给我降温，分开了，紫夕给我升温"。作家的内敛和"我"的克制在这里达成了一致，也把整个系列小说的格调以及人物的道德层面定位在一个理想的境界。在第一个出场的人物紫夕身上，已然看出作家塑造人物用心用力的方向：真实的人性之美和小人物独具芬芳的人格魅力。

两年前，我刚读到《沁园春》这篇小说时，就被弥漫其中的一种神秘氛围感染了。雾笼烟罩的山腰间，有块四五亩大的田园，昔日村姑、如今的金店营业员若影三天两头就要到这远离城市七八十里的地方种菜。这是为什么呢？谜底是慢慢揭开的。城里的徐老板是金店的贵宾，每月都来购买黄金饰品。他是冲着若影来的，他相中了从农村出来的"绿色环保"的若影，请她兼职种菜（金店女工都是上半天班），上山侍弄那些无污染、不上化肥农药、专供他那个富人圈子消费的原生态蔬菜。老板儿子徐唱，腻味了城里的娇艳女孩，也被这个清纯村姑深深吸引。

这块菜地是财大气粗的徐老板通过不正当手段花了大价钱弄到手的，被他视为可以旺了旺孙的风水宝地。而原本应该得到这块地的村民莫丢因此丢了媳妇，老母亲也深受刺激精神失常。在与莫丢的交往中，若影了解到关于这块地的真相，并跟莫丢产生了爱情。当然，这就意味着她要拒绝"富二代"徐唱的追求，随之失去一个重要的客户资源。在关键时刻，若影凸现了本真的心灵之美，而疯母恍如天意的"泼农药"之举与道德力量的绝地反击，最终让这块田园得以回归原主。

店长雨落的故事一开始就让人眼花缭乱：为了一单钻戒生意，她破例跟顾客皇小地回家取钱，哪知皇小地见色心迷，把雨落诓到刚买的新房里欲图谋不轨，岂料他们又在新房里撞见了皇小地的妻子小冯以及与之纠缠不清的初恋情人杨默。四个人搅和到一起，好家伙，这台戏不要乱成一锅粥啊！

作家给《雨落》这部中篇小说设置了一个高难度的开头。小说的主人公雨落不愧是个具备优秀素养的一店之长，她临危不乱处变不惊，在乱局中施展自己特有的魅力。她从皇小地入手，顺藤摸瓜，摸清了他家庭生活的真实状况，摸清了杨默的圆滑世故和对小冯的虚情假意，摸清了皇小地与冉冉的办公室恋情是多么不靠谱。在她的调解、安抚、撮合之下，皇小地和小冯重归于好。而风情万种、善解人意的雨落店长，在挽救了别人行将破碎的婚姻之后，忽然发现自己的婚姻生活也亮起了红灯。《雨落》展示了现实社会光怪陆离的时空场景，涉及再婚、婚外情、办公室恋情、客商潜规则等热点问题，对现代人的情感婚姻生活进行了深层次的思考。

《谁的江山，不是马蹄狂乱》也是一部中篇小说。年轻漂亮的花奴，要嫁给六十岁的亿万富翁徐老板，不为钱，只为自己的事业——做罗兰金店的销售冠军，她需要徐老板的扶持。实际上，徐老板公司的经济命脉并不由他把控，而是掌握在他的妻子和女儿手里。妻女的强烈反对，令曾经信誓旦旦要离婚娶花奴的徐老板成了缩头乌龟，因为一旦离婚，他就要被扫地出门净身出户，那么他"历尽沧桑、纵马驰骋而创建的伟业"以及"跻身名流"的荣光也将付之东流。花奴被抛弃了，妙龄女郎被六旬老汉抛弃，从高空跌落到平地，这落差太大，太伤自尊了。但在"我"和店长雨落的劝慰下，花奴最终恢复了自信，重新燃起了对未来的憧憬。值得一提的是，"我"冒充"花叔"（花奴的叔叔）身份，几次与徐老板及他的女儿周旋、斗智斗勇，情节生动，妙趣横生。

《浓雾》和《雪微》分别写的是店员风云和雪微的故事。看得出，作家写得很自信，也很放松，匠心独具，从容不迫。总经理"我"在这两篇小说里参与和介入较多，与《最高境界》的路数接近，但结构更紧凑，文字更洗练。

《浓雾》中，"我"和风云从省城进货连夜开车返回，高速公路上忽然浓雾弥漫，车速一再放慢。一路上，风云讲述她的情感故事为"我"提神：她没有老公，和儿子一起生活，但她有个情人，是个有家室的警察，对她和儿子都很好。后来，消失了十三年的儿子生父出现了，这个当年玩弄她又抛弃她的有妇之夫，在老婆死后，竟跑来找她，要"收编"她和儿子，并举报了警察和她的婚外情。善良的风云为了不牵扯警察，只好忍气吞声地顺从了恶棍。讲到这里，车子到家了，但风云的故事并没有结束。十三岁的儿子因为早已把那个警察当父亲，所以仇恨生父，在一次钓鱼时把生父推下南河溺亡，自己也失踪了。生活就像浓雾一样，让人难以预料。这样的悲剧结局在尤之的小说里并不多见，令人揪心，也发人深省。

雪微是罗兰金店最文静的女孩，她的为人如她的名字一样素雅纯洁、谦和低调。但是，这一次，她竟违反店规，将顾客看中的一款项链留下不卖，说是已被朋友预订了。雪微被罚款，自己垫资将项链买下，但朋友却迟迟没有取走项链，她因此陷入了"经济危机"。后来金价暴跌，朋友竟不要那根项链了。原来，她的"朋友"是金店门前扫大街的尹姨，老人想送一根项链给未来的儿媳，结果钱攒够了，原先看好这款项链的准儿媳却又变卦不要了，善良的雪微默默地承担了项链贬值的损失。雪微有一颗金子一般的心，她的善良她的品质她的思想境界，比金子比钻石更珍贵。

"的黎波里的硝烟"与金店女工有什么关系呢？喜丹的经历告诉我们，在现代社会，在这个风云变幻的世界，每一个人都不是孤立存在的，每一个人都与国际风云的变幻息息相关。所谓覆巢之下安有完卵，城门失火殃及池鱼；反之，苏北平原上一只蝴蝶偶尔振动翅膀，也许两个月后就会引起太平洋彼岸的一场龙卷风。《的黎波里的硝烟》是一篇具有大视野大格局的小说。"汶川大地震"让远在南方的喜丹经受住了爱情的考验；美国"次贷危机"致使工厂倒闭，喜丹失业，爱情的鸟儿随之飞走了；朝鲜炮击延坪岛，把"国际贸易公司"的生意搅黄了，喜丹再次失业；喜丹到了罗兰金店，正值利比亚首都的黎波里硝烟弥漫，金店老板玩黄金期货，误判形势，被美国人抑或卡扎菲"坑爹"了，金店巨亏，喜丹又面临被裁员的窘境。这个世界够大，这个世界够乱，这世界的波云诡谲折射到一个人身上，这个人就是整个世界！

逃亡与救赎

《投石冲开水底天》以传说中苏小妹与秦少游合作的一副名联之下联作为篇名，勾起人们探寻究竟的阅读欲望。而纵观文章的结构，也确实是先投石问路，设置悬念，再抽丝剥茧，步步深入，直至揭开事件的诡异真相。

与"金店"系列的其他篇什一样，罗兰金店的总经理"我"仍是这部小说的重要角色。"我"既是旁观者，又是参与者。文章开头，"我"在小酒馆"天街小雨"里静候失联一个月的信彤"浮出水面"。美女店员信彤是在金店里被挟持走的，寒光闪闪的刀尖抵在她的白颈上，"死亡如悬崖在她的脚下"。可一个月后，她竟然安全而平静地回来了。这不禁让人浮想联翩，难道一个月时间，就能化腐朽为神奇？难道信彤和男劫匪之间发生了颠覆我们想象的事情，"包括性，是先情后性还是先性后情？"——这不是没有可能。媒体上有过报道，劫匪将女子囚禁在地窖里，女子沦为性奴，但时间一长，女子竟得了"斯德哥尔摩综合征"，不但不恨劫匪，还对他充满感情。

文章开篇的悬念，让"我"疑窦丛生，也吊足了读者的味口。接着，我们得知，那个劫匪已经到派出所自首了，信彤居然很关心他，不想让他蹲监狱，并托"我"去找警察说情。"我"到派出所找老季，这是个喜怒形于色的警察，"发怒时像个披着羊皮的狼，高兴时像个披着狼皮的羊"。但就是这个老季，一眼就看出了问题：你们被劫方为什么不报警？又为什么帮劫匪说话？

读者的眼球已经被牢牢拽住了。直到此时，作家才通过"我"和信彤的对话，不动声色地剥开故事的外壳。

先回放出事的经过：那个叫福海的劫匪将玉镯套在手腕上，拔腿想溜。恰巧这时候传来警车声，福海暴躁起来，随手拿起柜台边上的一把剪刀，将死命钳住他胳膊的信彤胁持而去。——信彤后来得知，福海开始并非想要劫持她，但听到警车声后，以为金店已报警，才挟人质而逃。而事实上，当时在场的金店邓老板仿佛有先见之明，阻止了报警，"不就是丢了副玉镯嘛，才值两三千"，"劫匪劫持人质，是为钱财，非不得已不会伤人。如果报警，把劫匪逼得走投无路，反而不利了"。在他看来，只要不出人命，"（劫匪）大不了把信彤睡了，多大的事啊"。

信彤被劫持到七八十里外的荒山小院里，她怕福海动起邪念，打算跟他拼命，而福海非但没有对她下手，还动作轻柔地给她拍打手背舒筋活血，还脱下外套给她遮风挡寒，还下山买来鸡蛋饼给她充饥。随后几天，他们从相互提防，到渐渐有了交流。原来福海有着极苦的身世，他尚在童年时，父亲猝死在加班的流水线上，母亲远走他乡，再无踪影；与他相依为命的七十多岁奶奶从未戴过手镯，他想偷一只手镯给奶奶；福海虽是惯偷，但他不偷穷人，专偷老板款爷富婆……福海的身世和孝心感染了同样身在他乡的信彤，她开始理解他了，甚至对他产生好感。刚开始时，是福海怕坐牢，想等"事情说清楚了"再放信彤走；后来，信彤劝他自首，并心甘情愿地留下来，如知心朋友般相互照顾，如天使般救赎他迷茫的灵魂。

写到这里，作家笔锋一转，让"我"主动请缨，再去找派出所说情。但老季和所长的态度越发让人感到蹊跷：自首肯定会宽大处理，但法不容情，别说偷玉镯给奶奶，就是捐给灾区也没用，而且这个案子另有隐情。此处迂回曲折，又生悬疑，足见作家构思之巧妙、布局之精当和把控叙事节奏的能力。

真相就在"水底"。当"我"和信彤又一次相约到"天街小雨"，她道出了事情的真相：福海是受邓老板的指使，来到信彤负责的柜台行窃的。金店规定，丢一赔三，福海只要得手，信彤就要受到老板的责难，就要受到经济处罚。邓老板为何出此损招呢？原来有一次他在办公室对美女信彤图谋不轨，信彤奋力反抗还吐了他一脸口水，他便恼羞成怒，想到了被他抓过把柄的小偷福海……事情就是这么诡异，并非石破天惊，却也令人惋叹，令人沉思。

何尤之的这部中篇小说有个显著的特点，就是用对话承担叙事的功能。整个文章由"我"和信彤、"我"和警察老季及派出所所长、"我"和"天街小雨"的女老板等人的对话构成，故事的展开、铺垫、高潮，也都依仗对话来实现。这种写法在传统小说的写作中，是一种难度系数极高的方式，也是类似于古典戏剧的方式。把对话写得闻其声如见其人，已属不易，再以对话构筑全文，更是难上加难。但尤之运用得行云流水、轻松自如，而且妙趣横生。你看"我"和信彤的对话，虽然开始时有些拘谨，但渐渐变得融洽、真诚、友善、温暖，切合人物的性格特征；"我"和"天街小雨女"的老板，因为是陌生偶遇的关系，又处在小酒馆这一特定场合，所以对话活泼、逗笑，甚至掺杂着暧昧和轻佻；"我"和警察老季的对话，双方都显得机智、谨慎，却又不失幽默。但这种叙事方式的不足之处也显而易见，因为缺少人物特征的刻画和人物内心的描写，信彤和福海等人物形象显得不够丰满，某些人物行为细节的合理性也有待商榷。

何尤之的"金店"系列小说还有《圆缺》《窥乳》《序幕》《珠宝的传说》等，我虽未全部阅读，但已读的篇什称得上精彩纷呈，足以展现他的才华和创作实力。作家是在为小人物立传，笔致是那样的幽默风趣，情感是那样的炙热温静，情怀是那样的悲天悯人；作家笔下的人物，虽然处于社会底层，但活出了尊严，活出了精彩，无不闪现青春魅力和人性光华，她们的悲欢离合谱写了时代的旋律。当然，物欲之下人们心灵的迷惘困惑，感情的倾斜塌陷，价值观嬗变，道德的沦丧，也被揭示得淋漓尽致，显示了作家应有的善良本质和责任意识。尤之的小说语言干净，文字流畅，幽默诙谐，节奏明快，而且结构巧妙，布局合理，故事性强，给读者带来阅读的快感和美的享受。

恕心能及物

　　——评杨树军长篇小说《滴滴香》

历史与虚构

　　杨树军会讲故事。

　　清代文学家袁枚的《随园食单》"作料须知"中有这么一段话：镇江醋颜色虽佳，味不甚酸，失醋之本旨矣。以板浦醋为第一，浦口醋次之。

　　于是，作家杨树军把袁枚先生请了过来，洋洋洒洒地演绎了小说《滴滴香》的第一回《天池书院，汪恕有初识袁贵人》。袁先生造访板浦镇，这个头开得好，开得妙。袁先生一出场，名人效应有了，这部小说的层次、板浦醋的档次都提起来了。

调门提起来了，难度系数也提高了。《滴滴香》的定位是长篇章回体历史小说，作者给这部小说的写作设置了一个很高的难度系数。难怪他在后记里写道："我越写越觉得这个题目太难，几度想放弃，又几度觉得不舍。既然已经开始写了，那就硬着头皮先把它写完吧。"

实际上，清末小说家吴趼人早就说过，"作小说难，作历史小说尤难；作历史小说，而欲不失历史之真相尤难；作历史小说不失其真相，而欲其有趣味，尤难之又难。"

山西评论家王春林《历史小说：历史真实与艺术想象》一文写道：历史小说会有两种面对历史的不同方式。一种方式是，尽管在内容上是对某段历史真实的描写和表现，但所有的人物、故事却全部是虚构出来的。……这些属于一种"天马行空"式的想象自由的小说创作；另外一种历史小说，除了要面对真实的历史史实，还要面对一群真实的历史人物和历史事件，要更进一步地在这个基础上进行相应的艺术加工、虚构和想象，如二月河的《雍正皇帝》《乾隆皇帝》《康熙大帝》、唐浩明的《张之洞》《曾国藩》《杨度》等。毫无疑问，后一类历史小说，有着更大的写作难度。某种意义上，可以用"戴着镣铐跳舞"来看待评价这一类型的历史小说创作。

袁枚吃过板浦汪醋是肯定的，否则他不会把板浦醋与镇江醋、浦口醋作比较，不会高调地、旗帜鲜明地夸板浦醋为醋中第一。袁枚来没来过板浦，没有明确记载。但这并不重要，杨树军小说里写他来到板浦，这是一种合乎逻辑的想象和虚构，是在真实历史人物、历史史实基础上进行的艺术加

工、虚构和想象。况且，在板浦及汪醋的民间传说中，都有
袁枚到过板浦的说法。

小说《滴滴香》里，袁枚第一次到板浦时的身份是沭阳
县令（史料记载，袁枚在沭阳县令任上是在乾隆八年至乾隆
十年，即 1743 至 1745 三年时间）。他手拿纸扇，身着白衣长
衫，·下了马车后，步行走进城门。夕阳余晖下的板浦镇"街
上人群熙熙攘攘，临街店铺繁多，叫卖声此起彼伏，……国
清禅寺门前广场上，……聚集着一群孩童在玩耍。踢毽子、
丢荷包、跳皮筋的都有。还有两人一组面对面地唱着童谣：
讲古讲古，讲到板浦……"袁大人禁不住感叹："板浦，还真
是个有故事的地方！"

此时的海州为直隶州，统州治和沭阳、赣榆二县，地盘
相当于如今的连云港市区、赣榆区、东海县、沭阳县、灌云
县、灌南县、响水县。可想而知，沭阳县的县太爷是何等威
风的角色。但袁大人这次板浦之行却很低调，他在镇长侍启
明的家里品尝了地道的板浦美食，尤其是吃了过寒菜烧豆腐；
在天池书院，为板浦学子传道解惑；到汪家醋铺，拜访汪醋
传人，品尝汪醋，并要买两罐醋带回江宁孝敬父亲。

最关键的是，袁枚与小说主人公汪恕有第一次见了面。
而且"恕有"这名字就是袁枚的父亲当年给他起的。

也正因为袁枚的这次板浦之行，汪恕有终生牢记了他的
两句话："先做强，后做大。""好好传承汪家的祖业，认认真
真干下去，必能干出一番伟业。"

小说《滴滴香》里，袁枚的第二次板浦之行，是在海州

地震之后。据史料记载，海州在 1731 年（清雍正九年十一月八日）发生过一次破坏性地震。袁枚出生于 1716 年，1739 年（清乾隆四年）考取进士，1742 年外放江南做县令，先后于江苏溧水、江浦、沭阳、江宁任县令七年。按说这次海州地震时，袁枚才十五岁，不可能当县令，也不可能到板浦来。但小说中安排了袁枚的板浦之行。他是随朝廷钦差大臣到地震灾区视察的，同时，因为汪家在地震后捐醋给沭阳灾民作消毒之用，他也是借此机会向汪家道谢的。我以为这样的安排是根据故事发展和情节需要而构思的，是合乎情理和逻辑的。历史的真实情况是，袁枚只当了三年沭阳县令，但小说里可以让他当十年县令，甚至更长时间。历史真实情况是，袁枚为官时，勤勉理政，廉洁自律，淡泊功名，且能体恤民情，爱民如子。那么小说里安排一次地震灾情，让汪醋在灾后抗疫中发挥作用，让袁大人亲赴板浦道谢，这有何不可？——这就是历史与虚构的结合。于是，有了下一次再下一次的虚构。

袁枚第二次来板浦，恰逢板浦镇即将举办美食大赛。在侍镇长、姜会长等人挽留下，"对美食比对做官有兴趣"的袁大人欣然答应留下观赛。当比赛达到白热化之时，袁大人竟暗自下到厨房，用汪恕有滴醋做了一盘最美味的糖醋鲤鱼，击败了两位高手，事实上拔得头筹，让汪醋大出风头。

接下来，为了酿制新醋，汪恕有带伙计小勇第一次到沭阳买小麦，因为带的银子不够，被粮行周掌柜误会，准备绑了他俩到县衙告官。情急之下，汪恕有想到沭阳县衙有个"朋友"，便让周掌柜容他让小勇出去朝这个"朋友"借钱。

不承想，汪恕有的这位"朋友"正是县令袁枚。袁大人闻讯赶来，告诉周掌柜，被他扣留的人正是半年前给沭阳城捐醋抗灾消毒的恩人。周掌柜大为惊讶，给汪恕有深深鞠了一躬，当即答应以进价赊账将小麦卖给汪恕有，并达成了在沭阳城专卖汪醋的双赢合作。这是小说中汪恕有与袁枚的第三次见面。

袁枚在书中第四次出现，已是数年之后，也是本书的收尾篇章。乾隆十六年（1751 年），乾隆皇帝下江南，要在海州地界停留一晚。晚宴的安排非常重要，而板浦美食闻名遐迩，海州府方大人就把这项任务交给了板浦镇侍镇长。侍镇长提议将已经辞官回江宁的袁枚请来出谋划策，得到方大人的首肯。

1751 年是乾隆六下江南的头一回。袁枚是 1749 年辞官做随园主人的。那么，要让袁枚出场，必须去江宁小仓山请他。小说里的时间节点与史实吻合。看来，作者对真实历史人物的描写并非信马由缰，而是张弛有度，收放自如；虽是"戴着镣铐跳舞"，但"舞技娴熟"，"舞姿优雅"。

这一次，袁先生亲尝新法制成的汪醋三年陈酿，确认这就是失传已久的滴滴香。于是，在觐见乾隆皇帝的时候，袁枚向皇上推荐了汪恕有滴醋："吃板浦的菜，必须配板浦的醋，那才对味。"于是，一小罐汪醋呈了上来，"袁枚亲自打开封口，一股香气立马就弥漫开来"。"乾隆轻轻抿一点在口中游动一下，顿时满口生津，味蕾大开。咽下口中香醋，感觉酸醇爽口且回味悠长。乾隆禁不住连说两声：'美哉！美哉！'继而夸道，'板浦虽小，却也藏有此等盖世工匠。'"

然而百密终有一疏，这次觐见却没有留下乾隆皇帝夸赞汪醋的墨宝，让袁枚懊悔不已。突然，一个念头划过脑海，袁枚在他的新作《随园食单》里写下了重重一笔：以板浦醋为第一，浦口醋次之。

这是回归历史真实的一笔。这是中华美食史上特别精彩的一笔。

历史与虚构，传说与虚构，在此完成了有机而美妙的结合。

生命与灵魂

《滴滴香》以板浦汪恕有滴醋的传奇历史为原型，经过艺术加工，以小说的形式展现出来。汪恕有滴醋发展至今，已有三百多年，书中主要以清朝初年汪醋第三代、第四代传承人的曲折奋斗经历，展示不屈不挠、精益求精的工匠精神，以及其家训"恕心能及物，有道自生财"的深刻内涵。

小说的主人公汪恕有，是作者虚构的人物。老实说，在阅读《滴滴香》之前，我吃了几十年的"汪恕有"滴醋，一直以为"汪恕有"是个人名，因为用人名作品牌的非常之多（如张小泉剪刀、王致和腐乳、王守义十三香等）。但是，在阅读这部小说时，我翻阅了一些历史资料，这才知道，"汪恕有"原来并不是人名，"恕有"二字出自汪氏族谱里苏东坡的诗句："恕心能及物，有道自生财。""恕有"是汪家起的店号，是汪醋的品牌。这句诗到底是不是苏东坡写的，我无法考证，但诗中包含的做人做事的道理，是值得推崇的。"恕心"即仁爱之心、悲悯之心；"有道"是做人之道与做事之道，在汪家则是三百多年来坚守的酿醋之道。

作者把汪家传承二百多年的做人之道、酿醋之道凝聚在一个人身上，这个人就是小说的主人公汪恕有。

书中第三回，有一段汪恕有父亲汪怀仁对儿子的谆谆教诲："醋是有生命的东西。在整个酿制过程中，她不停地发酵、变化……我们用肉眼看不到她的变化。但用心可以感悟到，因为她还有灵性。醋像人一样，你对她好，她会感觉到……她会通过她的灵性反馈给你，回报给你。所以酿醋人最先应该学习的，就是对醋的尊重。"

第十二回，对汪怀仁的一段心理描写同样精彩：他知道，一粒高粱成为一滴香醋，要经过碾压、蒸煮、发酵、上淋、暴晒，再到长时间的沉淀。他觉得汪家的男人就应该像汪家的醋一样，这个过程必须经历。

开始，汪恕有并不以为然，并不理解父亲的苦心教诲。直到第十七回，他跟醋工伙计们说了两段话："现在我明白了，醋和人一样，有生命，有灵魂！""醋，她每时每刻都在生长都在发生变化，她也有孩童、少年、壮年到老年的过程，每个过程的醋味都有所不同。我们要善待她，善待她的每一个生长阶段，就像对待我们自己的孩子、兄弟、父母，要用心。可能大伙一下子体会不到，不过没关系，这个过程我们一起体会，慢慢领悟。"

读到这一段的时候，我很感动。实际上，这就是《滴滴香》这部书的主题。汪恕有是人，汪恕有是醋，酿醋即做人；要想酿出好醋滴滴香，就要先制成红心大曲；要想事业成功，就要先做人！红心大曲的制作过程，尤其能够体现敬业、专注、精益、创新的工匠精神。理解了这些，这本书的故事架构、故事情节，作者所有的用心用力之处就很容易解读了。

《滴滴香》这部书一共二十四回，从主人公汪恕有求学，到被动接受汪醋传人的重任；从潜心研究家传的酿醋技艺，再到大胆启用新法酿醋。其间有到山西偷艺、向钱庄借款、去东北购高粱等情节，可谓困难重重，历经磨难。全书的架构合理，线条清晰，故事情节跌宕起伏，人物描写委婉细腻，既有纯洁美好的爱情，又有波谲云诡的商战。

本书的矛盾冲突、剑拔弩张始于第二回汪醋的开坛仪式。汪家的对立面庄崇礼和姜云甫按捺不住，最先登场。宝露号醋铺掌柜庄崇礼是个奸商，视汪醋为眼中钉肉中刺，恨不得从根本上打垮汪醋，独霸市场；板浦商会会长姜云甫老奸巨猾，一直惦记着汪家最珍贵的《汪醋秘籍》，想要据为己有。这两人一拍即合、狼狈为奸，利用汪家醋坊伙计大牛给老娘医治眼疾急需用钱这一软肋，花言巧语，施以利诱，让大牛朝汪醋里下巴豆，败坏汪醋声誉。开坛仪式上，多人饮醋中毒，现场大乱，汪家长子汪洋摔下戏台意外身亡，汪醋的传承到了危急存亡的关键时刻。汪家与对立面的矛盾冲突、良善与邪恶、光明磊落与阴谋诡计的斗争由此展开。接下来，姜云甫的儿子姜子扬、板浦盐课司李大使，也先后登场。汪恕有与他们的对手戏"一波未平一波又起"，悬念不断，贯穿全书。

书中很多故事情节的设计富有传奇色彩和戏剧效果，环环相扣，独具匠心。

江恕有到山西学艺取经，在平遥梁坡底村找到了梁耀庭。原来，这个老爷子就是当年奄奄一息病倒在板浦街头、被汪恕有太祖汪一愉搭救的那个山西人后代，当年，正是梁耀庭的爷爷教会了汪家"固态酿醋法"。这个渊源找到之后，梁老爷终于把制作红心大曲的技艺教给了汪恕有。

山西学艺期间，汪恕有还发现了庄崇礼的秘密。庄崇礼原是山西清源县宝露醋铺的伙计，后与老掌柜的填房夫人勾搭，奸情败露后，两人将老掌柜塞进醋缸里，一路向东逃至板浦，竟然还假冒宝露店号开设醋铺。汪恕有在清源县城无意中看到了"宝露醋铺"的招牌，见到了被庄崇礼栽进醋缸、大难不死的孟老掌柜，由此揭开了庄崇礼的真实面目。这一节，也为庄崇礼最后的疯狂暗设了铺垫。

汪恕有带着吴郎中及大牛、小勇闯关东买高粱，遭遇离奇，险象环生。在紧要关头，大牛为汪恕有挡刀，丢了半截胳膊，不仅完成了自我救赎，得到了汪恕有的宽恕和谅解，还得到了为老娘医眼所需的珍贵熊胆。吴郎中用醋疗治好灵芝痛不欲生的妇科毛病，崔大牙兑现承诺，硬把妹妹灵芝许配给了吴郎中。

这样的例子在书中不胜枚举，更有不少鲜活自然、栩栩如生的细节描写让人如临其境，印象深刻。

比如，汪恕有第一次琢磨酿醋技艺，高粱要用磨盘碾碎。碾好一小碗，汪恕有拿到爹的床前。爹闭上眼睛用两个手指轻轻一搭，开口说："粗了。"汪恕有返回，将碎高粱放入磨盘中继续碾压。再拿到爹跟前，爹看了一眼，碰都没碰，说："细了。"第三次，爹看了看，又用两指揉搓几下，脸上露出了微笑。回到磨坊，汪恕有仔细数了数，每粒高粱四到六瓣。……接下来，汪怀仁给儿子讲了陈醋的用途："陈醋可以促进发酵速度，更重要的是，她就像人的血脉。陈醋是代代相传下来的，酿醋人每季都要留一点醋醅晾干，当作来年的陈醋。汪家的醋，必须用汪家的陈醋，否则，酿出来的醋就不叫汪醋了。"

汪恕有去山西学艺时，先是到处碰壁，后来因为听不懂山西话，让人误以为是哑巴，歪打正着，被录用了。他在大曲坊偷偷记了三本笔记，被工头老刁查获，关进了小黑屋。为了活命，汪恕有靠吃老鼠肉，撑了七天七夜活了下来。其中活吃老鼠的细节颇为惊悚，对刻画人物、渲染气氛起到了很好的作用。

汪恕有从山西回来前，嫂子吴玉琴吃饭时筷子突然掉到地上。小铁头说，娘，家里要来客人了。这一细节，契合了当地的民间说法：筷子掉，客人到。果然，吴玉琴出门一看，这哪里是来客，是家里那匹马，把虚弱不堪、骨瘦如柴的汪恕有驮回家了。

书中第十回描写了盐课司李大使锤杀小猴子及吃猴脑的

细节，其歹毒残暴让狠心肠的姜会长都看呆了，吓出了一身冷汗，"他想，世上如果真有杀人不眨眼的刽子手，那就是眼前的这位李大使了"。

书中几段情感故事写得曲折委婉，令人感叹。这其中包括汪恕有与侍严月、姜海棠的故事，汪小米、小彩蝶与小曲堂堂主赵正春的故事，还有吴郎中与崔灵芝的故事。

汪恕有与侍镇长女儿侍严月、姜会长女儿姜海棠是天池书院的同窗。小说第一回就写到，两个情窦初开的少女都喜欢上了"白面书生"汪恕有，只不过姜海棠是大胆表露，侍严月则把爱放在心里。而汪恕有只喜欢侍严月，婉拒了不顾一切向他表白的姜海棠；姜海棠爱恨两清，被迫无奈做了李大使的小妾。侍镇长打算把女儿嫁给南城武财主家的公子，侍严月却专情于汪恕有，与父亲的意见不可调和，快到了闹僵的地步。而此时的汪家为了新法酿醋，已是山穷水尽，根本无力娶亲。侍严月将南城武家送的珠宝细软彩礼偷偷拿出来，送给到处筹钱的汪恕有；当汪家被人逼债、汪恕有身陷牢狱之时，侍严月含泪答应父亲，嫁给南城武公子，但唯一的条件是，让武家出六百两银子作为聘礼，为的是给汪恕有还债，"屈嫁救情郎"。

侍严月对汪恕有的深情厚谊天地可鉴，动人心弦。当汪恕有将一罐酿好的"滴滴香"新醋送到南城，准备送给他最应该感恩的那个人时，他看到一位在丫鬟搀扶下的贵妇人已经身怀六甲，步态蹒跚……此刻，汪恕有的内心一定是五味杂陈、波涛汹涌！

相比较侍严月、姜海棠、汪小米、小彩蝶、崔灵芝等女性角色，书中对汪恕有、吴郎中、大牛等男性角色内心世界的情感描写及剖析有些不足。有些人物形象没有脱离似曾相识的"脸谱化"。

民俗与特色

翻开《滴滴香》这部小说，扑面而来的就是我们熟悉的地方元素——板浦元素、海州元素。这些元素换一种说法，就是独具地方特色的历史文化和民俗文化。

《滴滴香》叙述的是清朝乾隆年代的故事，距今已近三百年。书中描述的民俗文化至今流传兴盛于板浦乃至整个"海属"地区（海州作为直隶州时的区域范围）。这些民俗风情能够历久弥新、传承至今，无疑表明其具有强大的生命力和非同寻常的人文价值。

作者杨树军出生于海州古城，对海州、板浦的历史文化、风俗民情有一种天然的偏爱。他在本书后记里写道："我是听着板浦的故事、吃着板浦的醋长大的。后来写小说，心里一直想写一本关于老板浦的书，其中当然要加入我的许多儿时的回忆。"当他开始动笔后，他又对板浦往事和汪家的醋进行了深入细致的了解，尤其是从姚祥麟老先生的地方史记《板浦春秋》里汲取了丰富的营养。

我以为，杨树军对于海州和板浦的情结，也就是沈从文之于湘西、汪曾祺之于高邮、贾平凹之于商州的乡土情结。

这是他生于斯长于斯的土地，这里的文化基因、民风民俗已经融入他的生命。

人生五味"酸甜苦辣咸"，酸排在第一；美味佳肴的烹饪，离不开醋，醋是主要作料。写板浦醋，岂能不写板浦美食？

于是，"吃板浦、穿海州"这句民谚在书中反复出现，过寒菜、海英菜、凉粉、香肠、脆饼、大糕、豆腐脑、大刀面、烧小鸟、糖醋鲤鱼、鸡火干丝、沙光鱼汤、大白菜烧豆丹……这一应板浦美食令人眼花缭乱、应接不暇。

书中开篇的板浦童谣，"讲古讲古，讲到板浦"，唤起人们童真的回忆；薛仁贵东征、板浦地名传说、白虎山传说一直为民众津津乐道；小曲堂里演唱的五大宫调，已经成为国家级非物质文化遗产；白虎山庙会、舞龙表演、斗鸡游戏、过年习俗源远流长、至今不衰；小儿夜啼帖、倒药渣这些习俗今天也还常见于民间……

将地方文化、民风民俗融入小说，在具有浓郁地方特色的典型环境里塑造人物形象，使作品的内涵更加饱满更加厚重。

杨树军为我们绘制了一幅色彩斑斓而又风情浓郁的民俗画卷。应该说，《滴滴香》是近年来连云港市长篇小说创作的一个可喜可贺的收获。

妙笔绘春秋

——卜伟长篇小说《二营巷》读记

说起来，对《二营巷》这部小说，我早有期盼。

我与作家卜伟先生是多年好友。有了微信之后，自然成了微信好友。前一阵，《二营巷》出版在即，卜伟在朋友圈里发帖，凡预订《二营巷》的读者，可获赠他的一幅书法作品。这还了得，卜先生不仅是知名作家，也是港城文化圈公认的书法家，是全国大专院校书法教材的主编，他一幅书法的市场行情何止是十本书乃至百本书的价格，所以此帖一出，预订《二营巷》的接龙队伍很快就排成了真正的长龙，令卜先生应接不暇，只好暂停了这一征订活动。其实，我当时很想加入订书的接龙队伍，轻而易举地得到卜先生的一幅墨宝，但又恐人多添乱，想等等再说，哪知稍一愣神，活动就已截止，我一时后悔不迭。还好，卜伟没忘记老朋友，专门签名赠送了一本《二营巷》快递给我。拿到书后，首先觉得这本书的封面设计朴素大方，装帧制作精美考究，让我爱不释手。接下来，我用了两个晚上拜读了这部大作，完全沉浸在作者营造的海州二营巷历史和现实的时空里，仿佛在老海州的街巷里漫步徜徉，如梦如幻，如痴如醉。

独具匠心的叙事架构

读了《二营巷》这部长篇小说，给我印象最深的是作家独具匠心、布局巧妙的叙事架构。《二营巷》分为开头、第一章到第四章，还是开头，共六大章二十节，讲述的是改革开放四十年发生在二营巷乃至整个海州城的故事，对二营巷乃至海州古城的历史、风物也作了详尽描述。

从"开头"到"还是开头"，这是一条时间之轴或者说是一条时间隧道。虽然都是"开头"，但时间流逝回不去，人生经历也是回不去的；从"连云港成为全国十四个第一批沿海开放城市"的改革之初，到新冠病毒来势汹汹、"武汉封城"的 2020 年春天，"这来来往往数不清的平常日子，如同一条没有波澜的河，平淡乏味，但总是一直向前"。

第一章至第四章，递进式叙述了四个不同年代的人物故事，分别以海州城的一处风景地标（镇远楼、白虎山、双龙井、朐阳门）加上一种特色物产（过寒菜、鸡毛靠子、水糕、虾婆婆）的组合作为每一章的标题；每一章又以包三姑、李加海、云（先至）主任和赵（千山）教授这四个人物的春夏秋冬不同排列分成四节，共有四四一十六节。这样的布局，看起来层次分明，脉络清晰；每一章节可以独立成篇，衔接到一起，又形成完整的人物命运的故事链。

如果说，以时间为轴，《二营巷》的叙事结构是一个线型架构。那么，从人物设置、人物故事的角度看，这部长篇小说又是一个闭环结构。

"开头"和"还是开头"，写的都是"洪大强"这个人（"闲人"）和"洪大强的研究"。也就是说，全书的开头和结尾，聚焦点都是洪大强；是洪大强把我们引入二营巷，是"洪大强的研究"让我们了解到二营巷的历史。从原点回到原点，形成一个大的闭环。

在这大的闭环里，每一章的春夏秋冬四季轮回又是一个小的闭环。如第一章的四节标题分别是：包三姑的秋天、李加海的冬天、云主任的春天、赵教授的夏天，每一个主要人物对应一个季节。一年四季，色彩变幻，风景各异；他们各自的人生际遇，如同这对应的季节，或风和日丽，或寒霜雨雪。

从第一章到第四章，四个主要角色所对应的季节依次变换，各自完成了春夏秋冬一个轮回，每一个主角也各自形成了一个闭环。但是，每一个人物每一个闭环又都是相互关联的，你中有我，我中有你，环环相扣，交叉融通。

是的，作者对小说结构的娴熟把握和精妙布局，令人由衷赞叹！他分明是一个玩积木的高手，他把书中的每一小节即每一位主角的每一个季节打磨成一块块色彩鲜艳的积木，每个方块积木相对独立，是一篇独立成章的短篇小说；四个主角不同季节的四块积木组合成一章，就是一部相对完整的中篇小说；第一章到第四章，可以看成四部中篇小说，加上开头结尾，构筑了《二营巷》这部结构精湛的长篇小说。当然，如果换一种组合方式，把某位主角（如包三姑）所对应的春夏秋冬四块积木组装到一起，就相当于一部名曰《包三姑的春夏秋冬》的中篇小说，四位主角的人物故事，也就是四部中篇小说。

有评论家指出，刘心武获得茅盾文学奖的长篇小说《钟鼓楼》的整体结构像一颗橘子，小说家的布局安排则把人物情节解剖为一瓣又一瓣的橘肉，这些橘子瓣貌似各自分离却又能合并为一颗完整的橘子。《钟鼓楼》中所叙述的形形色色的人物故事，拆开来也是一篇篇相当完整的短篇故事。

我不知道卜伟先生之前对《钟鼓楼》有没有过研读，不知《二营巷》的创作受没受到相关的启发，但我以为，《二营巷》在叙事结构上的创新意义毋庸置疑！

激扬澎湃的时代旋律

《二营巷》的封面上有这么一段话："时间是用来开始的。开始了意义，还有过程。在千年古城的百世风华里，听人间故事，看春夏秋冬。"书中对时间概念的描述，很有独到之处。

　　本书开头，包三姑在福音堂门前剁肉馅，她看见赵千山和洪大强站在刷着"硬道理"三个字的墙下聊天。这个新刷的标语应该是"发展才是硬道理"，时间应该在1992年邓小平南方谈话后不久。作者没有直接写明，而是用这样的描述指出了时间，给人留下更加深刻的印象。同样的表述在这一节里还有一例：赵千山与洪大强本来不熟悉，他们是在华联后面龙尾河边的旧书摊上淘书时认识的。龙尾河上有一座简易小铁桥，两边的栏杆上用红漆喷写了标语："时间就是金钱，效率就是生命。"——大家都知道这个口号出自哪个年代、出自何处吧！

　　诸如此类具有时代特征的表述，书中还有很多：

　　"包小翠借了同学一条喇叭裤，喜滋滋地穿回家。"

　　"海州城的街头第一次出现了（白）馒头一样和（黑）炭灰一样的人。据说，他们是来自地球的那一边。"

　　"海州城的颜色忽然鲜亮起来。街上的红裙子飘了起来，在一堆蓝色灰色中尤为扎眼。……从南边回来的人都戴着电子表，手里的花格子雨伞能折叠起来，按一下竟又能打开，烫着头，戴着墨镜，穿着花格子衬衫，手里提着录音机在街头游荡的男青年忽然就成了时尚的代表。"

　　街头播放的除了"能让人酥软到骨头里"的邓丽君的"靡靡之音"，还有"冬天里的一把火""天边飘过故乡的云"，西部飘来的"我家住在黄土高坡"。

　　是啊，歌曲是最有时代特征和特殊含义的。

　　书中第三章，赵千山在收到老同学陈半丁发来的信息

"拟聘赵千山为（国家）书画院特聘画师"后，听到"街上店铺里传来《春天的故事》的歌声，曲调悠扬，旋律优美，就觉得浑身舒坦。"与此同时，他还看到校工李小跑正领着一个民工在学校操场的院墙上刷标语，标语的内容是：发展才是硬道理。

李加海春节前出狱，一个人孤零零地走进了二营巷的家中。街边的商店里响起音乐声："亲爱的爸爸妈妈，你们好吗？"（《一封家书》）

社区主任云先至到二营巷走马上任的时候是个春天。街上的店铺约定好一般播放同一首歌："打开心灵，剥去春的羞涩，舞步飞旋踏破冬的沉默，融融的暖意带着深情的问候。"（《相约一九九八》）

云先至设置的手机铃声是电影《焦裕禄》的主题曲《大实话》："墙上哎画虎喂，不咬人哎，砂锅儿哎和面儿哎，顶不了盆儿哎，侄子总不如亲生子哎，共产党是咱的贴心人……"为什么是云主任设置了这个手机铃声，而不是其他人？

海州城国庆七十周年庆祝活动即将拉开帷幕，"这些天，全城飘荡着同一首歌《我和我的祖国》，欢快的旋律从街道各处大屏快闪的画面中流出，令人心潮澎湃"。

巴尔扎克说："小说被认为是一个民族的秘史。"

另一位艺术大师卓别林说："时间是一个伟大的作者，它会给每个人写出完美的结局来。"

时间可以掩盖所有的秘密；时间也可以揭示所有的秘密。

有些事情急不得，当我们听到某个熟悉的旋律响起来，我们会莞尔一笑：时间到了。

鲜活典型的市井人物

《二营巷》第一章引言里写道：二营巷的土著们，大多几代都在巷子里生活，从牙牙学语到两鬓斑白，小巷见证了他们的历史。

书中四位主要人物，包三姑、李加海和赵千山都是二营巷的"土著"居民；云先至则是踩着春天的脚步，听着《相约一九九八》的乐曲，到二营巷社区走马上任的，"小巷总理"一做二十二年，连"二营巷"的一只麻雀他都熟。

小说以这几个主要人物的命运悲欢以及他们联系着的历史和现实的社会关系，展示了当代社会市民阶层斑斓多彩的生活场景；穿越岁月烟尘，察看动人世相，犹如翻开了城市记忆的鲜活浮世绘；同时，也表达了人们对美好生活的向往，对人性真善美的不懈追求！而二营巷乃至海州城历史变迁、风俗文化的植入，给这幅社会生态画卷增添了浓郁的乡土气息和历史的厚重感。

包三姑出生在二营巷的"福音堂"，小时候就长得胖，年轻时在国营饭店美味斋包包子，后来自己包包子卖。"包三姑的包子馅多而又筋道，尤其是过寒菜包子一出笼就迅速告罄。……镇远楼，落日余晖，排队买包子，成了海州城黄昏一幅优美的画卷。"

　　包三姑的伤心事都发生在秋天。她的暗恋对象赵万水是秋天走的；丈夫老段在一个深秋季节，竟鬼使神差地下河捞扳手，"捞着捞着，人就不见了"；上高中的女儿包小翠，也是在一个初秋的晚上失踪的。

　　"六十岁之前，包三姑好像被一双大手牢牢抓住，没去过以镇远楼为中心半径五十里外的地方。"直到跨入新千年，包三姑才迎来属于自己的春天。她先是加入"古城票友社"，跳广场舞，后来成了"海州老年徒步队的队长兼旗手"。她越走越远，先是去了淮安、盐城、南京，后来去了郑州、西安、兰州……七十二岁那年，竟然走出了国门，代表中国老人去日本参加"世界行走大赛"，照片上了国外报纸，"平凡了一辈子的包三姑，竟在晚年迎来了生命中的华丽转身"。

　　李加海，是《二营巷》里最出彩的人物。

　　李加海周岁时"抓周"抓的是一块烂泥；上职高时，语文老师赵千山出了个对联，上联是：出水芙蓉。李加海正在打瞌睡，被点名后懵懵懂懂对了个下联：入土为安。赵千山叹道："这可能是冥冥中注定了李加海一生的追求。"

　　少年时期的李加海是个不折不扣的"问题少年"，不到二十岁就成了海州城有名的"大哥"。后来赶上"严打"，被判刑入狱。在狱中，李加海成了海州老"土工"（殡葬工）段二爷唯一的嫡传弟子。出狱后，他发誓做个好人，成立了海州城第一家提供"一条龙服务"的殡葬公司，帮人家把丧事办得风风光光。

　　有了钱以后，李加海资助了母校孔望山职业中学的二十名贫困学生，还经常到养老院做义工。"每次去做义工他都觉得心里畅快，是顺着思想沁到骨头里的那种舒畅。"这一年夏天，他的企业成了最早向残奥会捐款的企业，他也成为本年度"十大兴业模范"的候选人；他的公司孝文化陈列馆在全省绝无仅有；他还要向赵千山拜师学画……

李加海的"浪子回头金不换"，是这个时代特别精彩的故事。

赵千山从小就对画画表现出非凡的天赋，后来考上了西北美术学院国画系。祖籍海州的系主任蒋远廷对这个小老乡特别厚爱，认为假以时日，这个学生一定会独步画坛。谁知道毕业后已到南京画院工作的赵千山被目光短浅的父母骗回海州，从此沦落成了孔望山职业中学没有编制的合同工，虽然被二营巷的人喊作"赵教授"，但实际上连个讲师职称都没有。学校举行书画比赛，赵千山精心绘画的"墨牡丹"只获得了最末等的"鼓励奖"。不仅如此，已经被国家书画院聘为特聘画师的他，因为一个学生家长的诬告，差点被开除辞退。

赵千山的时来运转，是因为老同学陈半丁。这位国家书画院的副院长、艺术大师来海州举办讲座，专程到二营巷拜访昔日的老班长赵千山，称赵千山为真正的民间大师。本来门可罗雀的赵家，从此热闹起来，"常有陌生人前来拜访"；电视台、报纸争相报道；职业中学将他的签到簿、教案等放进校史馆陈列……

卜伟先生是一位书法家，对书画和收藏颇有研究，与港城书画界交流广泛，所以对赵千山这个知识分子人物形象浓墨重彩，用情最深，刻画最为成功。

云先至二十几岁就是国营化工厂的车间主任，就任二营巷社区主任时已是人到中年。他上任后处理的第一起居民纠纷是轿车蹍死哈巴狗的纷争；刚进居委会，就被一群居民团团围住，向他反映化粪池长期堵塞问题。"云先至知道自己的工作不可能有惊心动魄，也难见鲜花和掌声……但几千户居民日常生活的一地鸡毛，对社区主任来说都是大事。"

"社区工作就像是触摸屏上的一个引擎，轻轻一点，一个又一个界面随之打开。这个舞台空间虽然不大，但这个舞台却周而复始地上演四季故事……"

不仅如此，云主任还会碰到鲁大东这样的无赖："今天，你要不给我办低保，我就上你家吃，我就不让你好过……"

甚至他还被冤枉，摊上一场官司："街道小主任，侵占孤老房。"——半小时之内就有几万条网友的评论，都是义愤填膺地唾骂云先至，要枪毙这样的小官巨贪……

但是，就在新冠病毒来势汹汹的紧要关头，两鬓斑白的云主任没有退缩，而是坚守抗疫一线，为社区居民守住安全健康的最后一道防线。

除了这四个主要人物之外，书中还塑造了一些次要角色，如海滨大学教师洪大强、开裱画店的蒋作君、开古玩店的庞得利、书画协会副秘书长康庄、退休干部许三炮和李大理、职业中学校长（原处长）孔辉、学校后勤处的朱珠、李加海公司会计安静、社区网格长葛大爷、五保户陈老太、"土工"

段二爷、包三姑的女儿包小翠、赵千山的女儿赵雯等。这些角色虽然着墨不多，但都有比较鲜明的性格特征。作者在为这些处于不同层次的人物塑像时，抓住人物经历、心态、命运的特殊点，勾画其灵魂，凸显其人性，从而再现了当今社会各色人等的生活情状，充分揭示了人物自身的丰富性和复杂性。

特色浓郁的乡土文化

《二营巷》是我近期读到的描写海州地域风俗文化非常直接和详尽的长篇小说。

我在前文分析这部小说的叙事结构时提到，从第一章到第四章，分别以海州城的一处风景地标和一种特色物产的组合作为每一章的标题。而每一章的内容，自然跟这处风景地标与这一特色物产密切相关，甚而有种精神层面的契合。

第一章：镇远楼与过寒菜。"镇远楼是海州古城的地标，如同北京的前门、西安的大雁塔一样。""过寒菜是海州城特有的一种菜。……只在海州这一方水土生长，出了海州就无法生长。"包三姑每天下午都在镇远楼旁边的那棵大松树下卖包子。她包的过寒菜包子有荤素两种，"入口绵鲜微辣，苦中带甘，菜香飘溢，让人口齿留香"。云先至到二营巷社区走马上任，也是在镇远楼下的车。在来二营巷之前，他就查阅了海州的地方志：镇远楼边上的那棵糯米茶古树，南宋时种植，历经八百春秋依然灼灼其华，就这样静静地站在那里，见证古城的沧海桑田。至此，我们恍然得到了启示：镇远楼，是古城精神道德、文化水准的标杆；苦中带甘、入口留香的过寒菜，恰如包三姑这一代古城人的人生经历；灼灼其华、默默坚守的糯米茶古树，象征云先至这类基层干部无怨无悔的不懈追求。

　　第二章：白虎山与鸡毛靠子。"白虎山位于海州城南，遍山磊磊青石，形状像只白虎蹲伏在那里。""鸡毛靠子"则是海州人对一种鱼的称呼。这鱼血统高贵，来头不小。它在长江里叫"长江刀鱼"，其身形从头向尾部逐渐变细，腹部圆润，全身银白少鳞，远看就像鸡毛一般。老海州人油炸鸡毛靠子，全身金黄，放到嘴里一嚼，又香又脆。

　　李加海最喜欢吃的就是鸡毛靠子，去饭店必点这道菜，但每次吃完总摇头："差点儿味道，炸得火候不到。"原来，他出狱那个大年三十，五保户陈老太顶着风雪给他端来一碗炸得金黄的鸡毛靠子，温暖了他的内心和灵魂，从此，他发誓做个好人！他的殡葬公司第一单生意，是给白虎山东边磨盘巷丁三太的父亲办丧事。多年以前，李加海就是在白虎山上犯的事——他把四支高升塞进那个对包小翠始乱终弃的男孩裤裆，然后点燃爆炸……

　　这一章对李加海操办丁三太父亲丧事的过程作了详细描述，实际上这也是以小说的形式对海州民间丧葬习俗"立此存照"。丁三太父亲的葬礼等于给李加海做了广告，从此他的业务风生水起。后来，他主动操办陈老太的后事，并且所有的费用都由他一个人负责。老人出殡那天，李加海走在送葬队伍的最前面，替老人披麻戴孝，眼泪哗哗地流……难道他仅仅是为了报答"一碗鸡毛靠子"的恩情吗？其实，此时此刻的李加海已经从里到外完全换了一个人！

第三章写到，新千年的第一个春天，包三姑病后初愈，来到海州城南双龙井的大高家"千禧水糕"买水糕。大高家水糕之所以脍炙人口，有其独特的秘诀："蒸水糕看着几秒就做好了……其实关键在于磨粉。这蒸糕的糯米粉，必须要细，还要反复搓，搓完后放在太阳下晒……"包三姑坐在双龙井旁盛开的桃树下，"拿起一块玉一般的水糕，糯米晶莹剔透。放进嘴里，甜丝丝的。轻轻咀嚼，不仅甜，而且香"。她豁然开朗，包子铺交给了大儿媳，自己每天躺在家里总不是事，要给自己找点乐趣了……包三姑人生的春天姗姗而来。

第四章开始就写赵千山用虾婆婆招待从上海来的未来女婿常涤子。世事奇妙，这个常涤子竟是赵千山恩师蒋远廷教授的外孙。接着，艺术大师陈半丁光临海州，赵千山在家招待老同学，问他想吃什么，陈半丁想都没想就说："虾婆婆，就虾婆婆。"原来，在美术学院上学时，赵千山带去家乡的虾婆婆，什么佐料都没有，两人就在宿舍煮着吃，那个透鲜让陈半丁至今难忘。再接着，李加海在朐阳门酒馆宴请开古玩店的庞得利，点了一桌子老海州风味特色菜，有虾婆饼、过寒菜豆腐、鸡毛靠子、红烧沙光鱼……除了已经介绍过的虾婆婆等美食，又顺带推出了沙光鱼、小绿棱等海鲜特产。沙光鱼的传说在书中开头"洪大强的研究"里就作了详细描述，到这里有了呼应。

　　《二营巷》透视普通市民的日常生活，挖掘海州的特色文化，塑造了与我们血肉关联的人物形象。在阅读过程中，我们可以找到周边人的影子，也许还有自己的往事，不时会心一笑。同时，书中大量运用海州的俚语方言，并把它们巧妙安插在合适的人物身上，既体现了地域特色和语言氛围，又有利于人物性格的表现。例如，"碎嘴""插呱""鬼嚼蛆""小泡子""大世人""二五眼""蝎子拉屎独一份"等市井方言，原汁原味，风趣幽默，读来颇为亲切。

直面"烦恼人生"的新写实

——李岩短篇小说读札

1987年8月，池莉在《上海文学》发表了她的成名作《烦恼人生》，也因此成为"新写实小说"的代表作家。

近读连云港市青年作家李岩的四篇短篇小说，"烦恼人生"这四个字一直在我脑海里闪现。我感觉自己触摸到了这几篇小说的内核。

池莉和李岩，一位是"50后"，一位是"80后"，她们的年龄相差三十来岁，她们所关注的生活也相隔了三十多年，她们竟然不谋而合地有着相似的思考和探索。

池莉的《烦恼人生》《不谈爱情》《太阳出世》等作品创作于20世纪80年代后期，描绘了当时普通人本真的生存状况与内心世界，直面人生的烦恼，用自己的感悟表达世俗的人生。

　　李岩的短篇小说《小樱桃》(《青海湖》2020.5)写的是当今社会一个少年成长的烦恼。"我"的堂弟"小樱桃"是家族里唯一的男孩。十六岁的他"脸上不时冒出几颗红而透的疙瘩，像是大白梨上缀了两颗红樱桃"，所以"我"给他起了"小樱桃"的外号。

　　"小樱桃"最喜欢的漫画是宫崎骏的《龙猫》。记忆中的他不仅爱脸红，还特别胆小。不管是白天还是黑夜，他都不敢一个人上厕所；在幼儿园多次被同桌欺负，也不敢还手。"我"的二爷——"小樱桃"的爸爸心疼又着急，吼着让儿子"打回去"，怎奈何儿子还是被同桌当作"小山羊"骑在身下，饱受"一套虎拳"。二爷索性交了一万元学费，给"小樱桃"报了跆拳道"黑带直通车"。"小樱桃"渐渐像换了个人，在家庭聚会的时候，他的跆拳道表演成了必备节目，其"空手劈板"动作给二爷长了脸。但谁也没有想到，小学四年级时，"小樱桃"竟然被两个高年级学生"劫持"，在大街上被强行搜身索取"保护费"，还被脱光换了衣服，蒙受"奇耻大辱"。二爷恨铁不成钢，带着儿子，大闹校长办公室。两个收"保护费"的学生被学校记过处分，"小樱桃"被视为"洪水猛兽"，同学们谁也不再惹他。

　　"小樱桃"后来选择到寄宿学校上学，享受了短暂的自由，"尽情舒展自己的枝叶，青春的荷尔蒙蓬勃增长"。"我"甚至发现他喜欢上了一个同样喜欢宫崎骏的名叫张璇的女生。但是，成长的烦恼再次降临。"小樱桃"受到某个"老大"

的威胁，要他离张璇远一点；一群来历不明的人像捆粽子一样把他缚住，胁迫他答应远离张璇，并录下视频为证。现实如此残酷，"小樱桃"像泄了气的皮球，"使劲拍打都不再动弹，只把爱恨情仇寄托于一堆漫画书里"。二爷对"日夜沉沦下去"的儿子忍无可忍，搜缴了他所有的漫画书，并要把墙上那张《龙猫》揭下撕毁。"小樱桃"一纵而起，从父亲手里抢下他心目中的"神画"。他没有求饶，也没有认错；他已经"化身为刺猬，看你的眼神，就像拔下身上的一根根刺，射向我们"。

"小樱桃"对自由的理解就是无拘无束。他哪里知道，"欢声和伤悲，笑语和哭泣，像一对形影不离的孪生兄弟，在成长的过程中互相撕咬"。那天上学的路上，他骑着电动车，为了躲避一个逆行的小学生，撞上了一根电线杆。幸运的是，他戴着头盔，没有受伤，还踏着最后的铃声冲进了教室。可是，当天的网络上出现了一条匪夷所思的微博头条新闻："头盔哥撞伤妇女儿童扬长而去"，配图一张是"小樱桃"穿着校服站在电线杆旁摘下头盔检查电动车的照片，另一张是一名抱着孩子的妇女摔倒在地，而"头盔哥"骑车离去的背影的照片。"小樱桃"被冤枉了，全校的师生都在嘲笑他，令他有口难辩；最让他绝望的是张璇那充满鄙视和厌恶的目光。"小樱桃"心灰意冷，在父亲的怒吼声中，在母亲躲闪的目光中，他盯着墙上的漫画一言不发。第二天，他悄然无声地离家出走了。

"我"始终觉得，"小樱桃"肯定在这世界的某个角落，还会回来。那天深夜，"我"恍惚看见一个清瘦的身影走过来说："姐，你知道我为什么喜欢龙猫吗？"接着，他自问自答："是因为每个孩子都希望有个像龙猫一样的人走进他心里。"

"小樱桃"的出走，曝光了某些学校、家长、少年之间难以协调的深层次矛盾和冲突，给我们留下沉重的思考。

《小白鞋》（《黄河文学》2020.7）的主角之一雷雷，只是一个七八岁的儿童，他遭遇了怎样的人生烦恼呢？

这篇小说的另一主角辛建国，是个"炸串兼做肉夹馍的老头"。他住在破旧的出租房里，每天下午四点出摊，午夜十二点收摊回家。清晨，他就被隔壁的打骂声吵醒："小兔崽子，你给我回来！"这个"小兔崽子"就是雷雷，骂人的是他母亲。习惯晨练的辛建国还发现了雷雷的一个秘密：他拿着小铁铲，钻进河边的芦苇丛里，不知捣鼓什么。

出摊的路上，辛建国看到雷雷被几个小孩围住殴打，雷雷则死死抱住为首的一个，"像个被围困的小猛兽"，不顾一切地进行反击。辛建国上去拉起雷雷，那帮围殴他的小孩作鸟兽散，还扔下一个铁盒子，丢下一句话："小贼，偷钱的小贼！"雷雷抱着空空的铁盒子哇哇大哭："他们把我的钱抢走了……"——刚才被围殴时他都没有哭呀！

夜晚，刚要入睡的辛建国被一种不易察觉的响动惊醒，他看到一个小孩的黑影，摸走他的钥匙，打开了墙角处的一个橱子……那黑影惊诧地看着里面的东西：小白鞋！大大小小许多双小白鞋，整齐地摆放在橱子的隔板上……黑影，也就是雷雷，撞破了辛建国的秘密，逃之夭夭。

辛建国曾经是个医生。从医生变成摆摊炸串的老头，这中间到底发生了什么？而此时，来收房租的老张又告诉他一个秘密：（雷雷）他们母子，可不要惹。那女人是这一带有名的"专业碰瓷"，她男人在浙江那边砍死人，早坐牢了……

故事步步推进，渐次到了高潮。辛建国看到雷雷抱着铁皮盒钻进芦苇荡，走向纵深处，要挖坑把铁盒子埋下……不好，雷雷落水了，快要淹死了！辛建国"以百米冲刺的速度，投向河里"——雷雷得救了。辛建国突然悲从中来，放声大哭。雷雷向辛建国敞开了铁盒子的真相和内心的秘密。铁盒子里是几个溜溜球、一柄木质玩具手枪、一张奖状、几张零散的毛票和一些一元硬币。雷雷说，他从未见过爸爸。听妈妈说，爸爸先在浙江做生意，后来生意做大了，又去了缅甸。雷雷所有的努力，就是要攒够买飞机票的钱，去远方看爸爸……辛建国抚摸着雷雷柔软的头发，从胸腔底部发出声音：孩子，你会见到你爸爸的！

最后的秘密随之揭开：三十年前，辛建国的儿子从寄宿学校回来，跟他要钱买小白鞋，准备参加学校的广播体操比赛。可是，因为辛医生急着去做一台手术，也因为在此之前刚接到儿子老师的告状电话，所以他没有停下脚步听听儿子说话，也没有掏钱给儿子买小白鞋……

李岩在小说里没有告诉我们，后来发生了怎样的悲剧。她这样写道：多少个夜晚，他（辛建国）重复着掏钱的动作，希望能弥补过错。他对着空旷旷的黑暗，唯有哭泣、哭泣、哭泣……

　　因为对儿子的疏忽，辛建国内疚了三十年，懊悔了三十年，买了一橱子的小白鞋也弥补不了自己的过错。但是，在遇到雷雷之后，一切都改变了！所以，"今夜，他没有喝酒就睡着了。他是那么安详、平静，像婴儿的脸，纯净明亮"。

　　《波斯奶茶》(《太湖》文学双月刊2019.6)描述了现实生活中两个少妇的婚姻家庭状况。

　　肖闲的娘家与美丽的娘家是对门。由于两人年纪相仿，两人的孩子也差不多大，相处久了，两个性格互补的人，发展成了知己。

　　美丽的丈夫凯，结婚六年，孩子三岁，出轨三年半；美丽从崩溃、无助、绝望，到冷眼旁观，讲述起丈夫的花边新闻，竟然"口气风轻云淡"。与此同时，这个原本清纯的姑娘，变成了"近乎妖艳的少妇"，其"身材也在自暴自弃中圆滚起来"。

　　肖闲与丈夫炜的相识带着戏剧性。一次朋友聚会，喝啤酒唱歌，陷入失恋泥沼的肖闲是玩得最嗨的那个女孩。炜护送醉酒的她回家，像母亲一样温存地照料她。肖闲靠在他的胸前，通过"一次撕心裂肺的痛哭"，彻底放下了过去。肖闲和炜的婚后生活，实际上也逃不过"七年之痒"的周期率。炜的工作在县城，而肖闲和孩子生活在市区。他们分工明确，他保证家里的经济，她负责照顾宝宝，在别人眼里，这是一个标准的幸福稳定的模式。可是，美丽的婚姻状况，深深地触动了肖闲，尤其在她腰痛毛病发作之后，有一天，她看到炜与一个披着长发的女子同乘一辆出租车——要知道，"炜有个坏毛病，就是从来不和别人拼车。他的理由很简单，为什么花一样的钱要和别人挤？"

此后，在和美丽的一次相聚时，肖闲给她准备了蛋糕和奶茶。这次奶茶底料换了一种波斯红茶，泡出来的颜色醇厚、透亮。美丽语调平静地叙述了自己幻想的破灭。恍惚中，那个长发飘飘的女子在肖闲眼前一闪而过。美丽选择了跟过去告别，肖闲也下定决心，"放过他，也放过自己"。

范华连、范明、陶陶（聪明兔）是范家的三代人，加上范华连的爹"老九"，就是四代人。《芭蕉》（《延河》下半月刊 2020.8）写的是这四代人的故事。

范华连的爹喜欢推"牌九"，村里人都叫他"老九"。在牌场上，他不把身上的钱输个底朝天，是不会回家的。那年秋天，他竟然把家里仅有的一筐胡萝卜作为赌资拿去赌博。范华连抱着爹的腿，求着给他留一点吃的，结果胸口被爹踢了一脚。"老九"在赌场连赌三天三夜，最后在抓到了"至尊宝"的亢奋中一命呜呼。范华连的娘也在贫困交加中于第二年冬天去世。显然，"老九"是一个糟糕透顶的父亲，他给儿子留下的是踢在胸口的一脚，是心灵深处的创伤，是一贫如洗的悲苦生活。

范明与父亲范华连的关系"一直不怎么样"。从小到大，范华连对范明采取的是"压迫式教育"，要求儿子"无条件服从"。升高中那年，范明想进当地最好的学校，但因为差两分，想让父亲找找当校长的战友，被父亲断然拒绝。父子之间就像"两块同极磁铁，越是拉近距离，越是排斥"。

然而，范华连对孙女陶陶却是关爱有加。他做了心脏搭桥手术后内退在家，唯一给他带来安慰的就是周五"聪明兔"的到来。拖着笨重身体的老范，竟和孙女玩起"兔子偷袭大笨熊"的游戏，"聪明兔"骑在"大笨熊"的后背上，把他当马骑。这让目睹此情此景的范明有种恍若隔世的感觉。他想起已经去世的母亲。爱了父亲一辈子的母亲在临终时没有见到出差在外的父亲最后一面。在母亲的葬礼现场，父亲安排周全、有条不紊，却"甚少悲伤"。直到那年清明节祭拜，范明在墓地里听到了一阵"毛骨悚然"、撕心裂肺的哭声，是父亲在母亲的墓前恸哭，他这才隐约地意识到母亲在父亲心中是怎样的位置。

所以，我们读到了这样的一幕：夜深人静，老范对着那棵芭蕉树出神，并对着芭蕉树说起了话，"你冷吗？""我把陶陶得罪了……"一阵风吹过，芭蕉树抖动了一下，仿佛回应了他，与他互动……我们预感到，芭蕉树下一定隐藏着一个惊人的秘密。

老范突然间病倒了，他想到了死，还莫名其妙地对儿子说："等我死了，你把我的骨灰和那棵芭蕉树葬在一起。"后来，范明送他到北京，查出病因是肌肉萎缩。在针灸和药物的双重治疗下，老范渐渐康复。病好后的老范第一次去范明任教的市郊民办学校，看到仍在捧着书苦读的儿子，他想如果时光可以倒流，他一定会去求当校长的战友，拼尽全力也会去的！

夜色如水，当老范再次站到芭蕉树旁，他想象芭蕉树长得葳蕤茂盛，那些枝叶伸向他，而他也伸出手臂挽住树干，"墙壁上的阴影，就像两个耄耋老人，相互搀扶着"。原来，早在半年前，范华连已经把老伴的骨灰藏到了这棵芭蕉下面；原来，在老范近乎冷酷的外表之下，隐藏着他对妻子、对儿子深深的爱，当然还有一种难以弥补的愧疚之情。

陈晓明教授的《反抗危机：论"新写实"》阐述了"新写实小说"的一个文本特征："尤其注重写出那些艰难困苦的或无所适从而尴尬的生活情境。前者刻画出生活的某种绝对化状态；后者揭示生态的多样性特征，被客体力量支配的失重的生活。"李岩这四篇小说，揭示了当下缤纷多姿的现实生活，或者说，是当今社会普通人真实生活的客观写照，尤其以冷静的笔触描述了那些尴尬而失重的生活情景，字里行间展示出鲜明的时代特色；油盐酱醋茶，酸甜苦辣咸，鸡零狗碎，五味俱全。对照上述文本特征，我以为，把李岩的这些小说归类为"新写实小说"的延续和创新也未尝不可。

李岩小说中的细节描写很是生动，看似随手拈来，实则颇有深意，这应该得益于她对生活细致的观察和用心用情的感受。

比如《芭蕉》里用砂锅煮鱼汤的细节："砂锅里发出'噗噗噗'的声响，像极了范华连此刻的心情，在滚烫的沸水中熬煮着。"

《小白鞋》里的辛建国，每天出摊，收拾、擦洗小推车，晚上回到出租房里自斟自饮，"最后歪倒在一张残破不堪的藤椅上，头悬挂在藤椅编圈旁，嘴巴里不时发出呼呼呼的喘气声，像来回煮着一锅开水"。

《波斯奶茶》里炖营养粥的细腻描写，让人仿佛闻到了空气中飘浮的浓浓粥香；而肖闲给宝宝穿衣服的过程，动作麻利，充满温馨，当然是因为作者对此有最熟练最温情的体验。

生活中虽然有无数的烦恼，无数的不如意，但读了李岩的小说，仿佛品尝到一杯颜色醇厚、柔和纯正的奶茶，回味无穷。

顽皮少年演绎抗日传奇

——读短篇小说《哈瑟的第一枪》

读了张宜春先生的短篇小说《哈瑟的第一枪》（载《雨花》2015 年第 7 期），我的第一个念头是，我要跟李哈瑟攀亲戚，我得管李哈瑟叫大伯。因为我的祖籍就在张作家笔下的"潢源县"，我们这一支李氏家谱是"泰安宗裕庆，传家大启祥"，我排在"家"字辈分。李哈瑟的真实大名叫李传福，那不就是我父辈的排行嘛。我的嫡亲大伯李传珍，也曾是我们家乡锦屏山武工队的抗日战士。

宜春先生的年龄比我稍长，我们虽然交往不多，但我知道他是个有资历的人。他做过中学教师、县委秘书、乡镇党委书记；他的小说写得很棒，在《钟山》《长城》《小说月报》这些刊物上发表长中短篇小说多部，是中国作协会员。但他很低调，发表小说时，多数署的是笔名。《哈瑟第一枪》应该是他的钟爱之作，发表时署了真名。

《哈瑟第一枪》是个传奇故事，但作家开头就搬出了潢源县志，让你相信这是个真实事件。历史与现实，时空交错，读者一下子就进入了那个兵荒马乱的年代。作家抓住了读者的心理，首先告诉你，哈瑟不是洋名，而是潢源县的方言，相当于东北话"嘚瑟"。这个李哈瑟是个乡间"没正形"的十五岁少年，甚至是个一出生就克死娘亲、被族人准备扔进乱葬坑的"死孩子"，所以还有个名字，叫大命。

大命没爹没娘，命如草芥，在二叔家长大，有点像野藤野蔓似的野蛮生长。那天日本鬼子在街上巡逻，把一块烧得通红的煤核踢到他的脚下，他的"哈瑟劲"一下子上来了，"嗖"地把那颗煤核又给踢了过去，正好崩到一个戴眼镜的鬼子脸上。这一脚非常符合大命"没事找事的恶作剧"性格，这一脚也把鬼子兵的伪善面具扯了下来，他们竟然残忍地逼迫大命吃下几块滚烫的煤核。大命又险些撂命，幸亏二叔给他灌下豆油和猪粪尿，他才死里逃生。

大命从此跟日本鬼子结下深仇大恨，他成了县城第一个胆敢捉弄鬼子兵的"哈瑟"主儿。鬼子兵到沙汪河洗澡，被大命发现，他的"哈瑟劲"又上来了，偷偷把鬼子兵的衣服拢到一堆，塞上大石头，扔到了河里，让一帮鬼子兵精腚拉磕逃回兵营，威仪扫地，颜面丢尽。日本鬼子恼羞成怒，要报复"哈瑟"，结果没抓到大命，却害死了大命的二叔。二婶也从此疯了。

大命成了乡间的"灾星"，没有人搭理他。他只好潜入二叔的老东家张三爷家，弄点衣物干粮活命，还顺手把张三爷私藏的一把土造盒子枪卷走了。枪里只有一颗子弹，大命没事就穷"哈瑟"，躲在没人的地方，端着枪瞎乱瞄准。清明节快到了，大命想到城里买烧纸给二叔上坟，哪知日本鬼子建了炮楼，设了岗哨，他进不了城了。大命躲在护城河坡上，看到了炮楼上那个逼他吃煤核的"四眼"鬼子，他下意识地掏出盒子枪，瞄准了仇人。一个放羊老头经过此地，一声喝问，惊得大命扣动扳机，射出"哈瑟第一枪"，撂倒了炮楼上的鬼子兵！

这一枪是潢源县抗日第一枪，击毙了日军士官村社一郎，李哈瑟因此上了潢源县志。这一枪也招致日本鬼子的疯狂报复，他们包围了哈瑟所在的碱滩村，打死了他的疯二婶和几个村民，烧毁了一百多间房子。村邻们认为这是"哈瑟鬼"大命惹的祸，连累全村人遭殃。大命在潢源待不下去了，只好逃到外地，后来参加了八路军。但大命得了一堆军功章后，还是回乡当农民，村邻们仍旧叫他哈瑟。

说到底，李哈瑟是个顽皮少年，是个草莽英雄。他不同于抗日小英雄雨来、送鸡毛信的儿童团长海娃，与家喻户晓的小兵张嘎也相距甚远；他既非儿童团员，也非基层民兵，甚至连个"走上革命道路"的引路人都没有；他是个异类，是个叛逆者，其顽皮程度更甚于小兵张嘎，而他的乡亲乡邻，是饱受欺凌、有着典型民族劣根性的人群，他的"哈瑟"行为最初被乡亲们视为祸端和灾难，他所处的环境比雨来、海娃、张嘎子等小英雄们还要恶劣，还要艰难！这就是真实的历史，真实的人物形象，作家没有违心地去拔高他塑造的人物，我们更不能苛求哈瑟和他的乡亲乡邻；民族的觉醒并非一朝半月一蹴而就的，抗日战争是一场持久战，是中华民族多年的浴血奋战。哈瑟射出的第一枪，不管他是有意无意，但击毙了日寇，成了事实上的潢源县抗日第一枪。这是一次偶然，也是一种必然；是懵懵懂懂的一声枪响，也是石破天惊、唤起民众觉醒的号角！

看得出，宜春先生具有中国古典文学的深厚功底，深谙传统小说的叙述之道。这篇小说结构简洁，叙事流畅，文字精准，塑造人物丰富结实、栩栩如生。哈瑟这个人物，让人联想到《水浒传》里的李逵、阮氏兄弟、浪里白条张顺兄弟等经典形象，具有其独特的时代特征和艺术魅力。

宜春先生的家乡在位于苏鲁交界的赣榆区，那也是我祖父的故乡。"潢源"应该是作家以赣榆为背景虚构的地名。作家在小说中描写了赣榆的乡土风情，俚语方言信手拈来，读来亲切自然，风趣幽默。我在文章一开头就要认李哈瑟——李传福为本家大伯，想必大家能够理解了吧。

独具特色的《讲究》

滕敦太的微型小说《讲究》在 2020"田工杯"勤廉微小说全国征文大奖赛获奖后，被《小说选刊》2021 年第 2 期选载。这是他的小说两年内第五次登上《小说选刊》。难怪有文友戏谑：我们想上《小说选刊》难于登天，你这是下饺子啊！说归说，滕敦太的微小说之所以这样密集地被《小说选刊》选载，与其特色鲜明的故事性和独创性有关。

融入地方民风习俗

滕敦太的家乡连云港赣榆区，地处苏北鲁南交界，民风习俗独具特色。滕敦太在乡镇工作多年，做过文化站长、办公室主任，与乡邻村民打成一片，对民俗风情了如指掌，写作时便可信手拈来。

　　他在《讲究》中写道：我们这地方的农村风俗，小叔子可以开嫂子的玩笑，过分一点也没什么；作为嫂子，同样能开小叔子的玩笑，笑骂一番，互不在意。令人费解的是，大伯头子（丈夫的哥哥）就不行，不能开弟媳的玩笑，哪怕你比弟弟大一天也不可以，不然，弟媳就可以"薅大伯头子的胡子"，给他难看。

　　《讲究》写的是农村妇女雪玉的故事。雪玉是个讲究人。在城里当干部的大伯头子大干为了开她这个弟媳妇的玩笑，故意说自己弄错了年龄，其实是她丈夫的兄弟（弟弟），应该喊她嫂子。雪玉对大干的玩笑"过界"心知肚明，却没跟他"讲究"。不过，等到她发现大干不为村里办事，只想利用自己的权力赚乡亲们的便宜、是个不"讲究"的人时，聪明的雪玉借着一个玩笑开始"讲究"了：在春节家族聚会时，她当众将一杯酒泼到大干脸上，让他下不了台，并用族规"公事莫贪家事莫浑"予以警示……

　　小说融入当地独特的民间习俗，从乡村现实生活出发，以一个农村女性面对玩笑讲究与不讲究的选择，体现清风倡廉的大主题。有些事情可以开玩笑，有些事情必须认真；家庭小事可以不讲究，政策方面的事必须讲究。小说构思剑走偏锋，以小见大，题材和角度颇有新意。

故事情节和人物形象新颖独特

英国小说家福斯特早在 20 世纪 20 年代出版的《小说面面观》中提出："故事是小说的基本面，没有故事就没有小说。这是所有小说都具有的最高要素。"在一定程度上，这种判断至今仍为人们认可。微型小说作为小说家族的一员，"讲故事"当然是其原始功能。对一篇微型小说进行评判，"故事性"这一概念仍被关注，比如人们常说某小说"故事性强""故事性不强"或"没有故事性"等。

微型小说名家相裕亭在《金山》杂志上刊文发问：微型小说年度一等奖为何出自《故事会》？文中写道：出人意料的是，本年度（2019）的一等奖，诞生于一家国内权威性的故事刊物——《故事会》。《故事会》里产生了年度微型小说一等奖，惊诧之中，瞬间化解了故事与小说多年以来的口舌之争。何为故事？何为小说？一篇《夜半搭车》拉近了故事与小说的距离。故事，讲究"新、奇、情、巧、趣、智"。这篇《夜半搭车》完全具备了"故事"的标准，这是无可厚非的。

"小小说（微型小说）以故事为主还是人物为主"，是当下微型小说创作中遇到的实际问题。在 2021 年 6 月宁波举办的中国微型小说理论研讨会上，《小小说选刊》主编秦俑认为：人物塑造才是小小说的第一要义。人物立起来了，小说也就站住了。

看来，一篇优秀的微型小说，既要有"故事性"和"可读性"，又要塑造鲜活的人物形象，这样才会获得专家和普通读者的一致青睐。

再来看《讲究》的故事性和人物塑造的独创性。首先，《讲究》的故事选材独特，故事情节引人入胜。大伯头子和弟媳妇开玩笑占便宜，与当地民俗相悖。这件事说小是小，说大亦大，为此翻脸动刀子的都有。而雪玉恰恰是个讲究人，讲究人碰到这样的事，当然有好戏看。但雪玉面对大干一而再地"越界"开玩笑，并没有撕破脸皮，而是忍了又忍，巧妙地用一句"有些事就莫必提了"拒绝了。当然，这时候雪玉已经看出，大干是个想利用手中权力赚乡亲们便宜的不"讲究"干部。直到大干当众让她在孕妇尿里掺假谋利，触及她做人的底线，于是她"杏目圆睁"，当场让他难堪。

其次，《讲究》成功塑造了农村妇女雪玉这一鲜活的人物形象。雪玉是个讲究人，讲究意味着认真、考究、精美、重视等，也就是说，雪玉是个注重自身品行、追求完美的女人。她对在城里当干部的大干不卑不亢，对他的龌龊暗示机智化解，既不失礼数，又严词拒绝，恰如善于周旋、斗智斗勇的阿庆嫂，令人肃然起敬。

雪玉既是一个恪守传统道德、家族门风的纯朴村妇，又是一个具有商业头脑的现代女性。她灵敏地发现商机，主动联系制药厂家代收孕妇尿。因为她"讲究"诚信，"生意出奇得好"。别人也学着做这行，"可找到人家门上，都说，给雪玉留着呢"。也因为她"讲究"较真，嫉恶如仇，当大干的玩笑触及原则底线时，她不再迁就，丝毫不留情面！

小说语言独具风味

文学是语言的艺术，语言是文学作品中的载体，也是作家作品风格的体现。《讲究》虽然是一篇不足两千字的微型小说，但其叙述语言很有个性，尤其是幽默风趣的方言口语的使用，表达了人物的真实情感，再现了意味深长的乡村民俗和地方风情，使小说新颖活泼，富有韵味。

如文中写大干借着酒劲想占弟媳的便宜："大干觍着脸说，那个事啊！农村叫钻苞米地，城里叫办好事。"

雪玉的回答既坚决，又不失礼数，透着机智和内心的定力："雪玉拖长了声音，噢……那个事啊？咱感情归感情，那个事就莫必提了。""莫必"是方言，是绝对不必的意思。众人听了哈哈大笑，这句话随即流传开来。有上门借钱的，人家不想借，就学着雪玉的腔：咱感情归感情，那个事就莫必提了。

在家族聚会的酒桌上，"雪玉拾掇好了，也上了桌，兄弟们喝几杯，她也喝几杯"。这段描写寥寥几笔，就看出雪玉的随和、爽快和大度，甚至还能看出她的贤惠。接下来，"大干就说雪玉好酒量，又会说话，要是在场合上，别人办不了的事你就能办"。雪玉怎么回答呢？"雪玉说话不轻不沉：那得看什么事？咱可不能说人话不办人事。"这个回答可谓柔里带刚，绵里藏针，技高一筹！

当大干喝高兴了，话题一转："听说你收孕妇尿？那可是好事，一桶孕妇尿，掺上水就成好几桶，来钱快啊。"雪玉的反应是"脸一沉",说:"制药的尿掺水那不缺德吗?"大干不以为然,嘿嘿直乐:"掺水会查出来,掺尿就没事了。你一泡尿……"雪玉的反应升了级,也可以说是忍无可忍:"一扬手,一杯酒直接泼在了大干的脸上。你个瞎潮!"一个既明理又刚烈的女子形象跃然纸上。

《讲究》立足于乡村生活,故事新颖,叙事幽默,在展现淳朴民风的同时,塑造了敢与不正之风"讲究较真"的基层群众形象,反映了倡廉风气已经深入民心,深入每一个角落。

写到这里,我忽然想,如果用赣榆方言朗读《讲究》,那可叫一绝!我在心里默念了几句,自己就笑了。

这篇短评收尾时,又看到一则消息,《讲究》被收入微型小说选刊杂志社选编的《2021年中国微型小说排行榜》,这已经是滕敦太连续五年荣登中国微型小说年度排行榜。在此祝愿他在新的一年里创作丰收,再获佳绩!

最是故乡情

——评卢明清散文集《猴嘴散记》

认识卢明清是在三四年前的一次文学活动中。后来在一个群里，加了微信，虽然没再见过面，但经常看他发的朋友圈信息，竟感觉像老朋友一样熟悉。

一是感觉他的精力特别旺盛，创作热情高涨，人很勤奋，几乎每天都能看到他有新作在报刊和网络平台上发表。二是觉得他兴趣广泛，非但涉猎文学、书法、绘画等艺术门类，且对书画的收藏与鉴赏有很深的造诣；他不仅创作了大量的诗歌、散文、小说，还收藏了很多名家字画，并在《中国书画报》等报刊发表艺评鉴赏类文章数十篇。三是觉得他的身上有种古道热肠的侠士之风。他经历丰富，长于社交，做过教师、会计、销售员、厂长和职业技校校长，在文友圈中，他乐于助人，热情提携和推介新秀，有很好的口碑和美誉度。

最近，读了散文集《猴嘴散记》，对作家卢明清和他的生养之地猴嘴有了更多的了解和认识。

首先，这是一部关于猴嘴历史地理的民间文本。《猴嘴散记》前两章的标题分别为"历史地理描述"和"工商学企扼要"，对猴嘴的历史过往、地理变迁、民间传说、乡风民俗作了周详而细腻的描述，集文学性、知识性、趣味性、史料性于一体，很值得阅读和研究。

猴嘴的得名，起因于花果山北侧一尊酷似猕猴的天然奇石，这山称作猴嘴山，山下的镇子就叫猴嘴镇。小小猴嘴镇"建国"后竟然有六个县处级单位"呱呱坠地"，驻守于此。盐坨运销站、台北盐场、盐区政府一度形成三足鼎立的局面，呈现"猴嘴三国"的热闹景象……

淮北盐务局制盐工业研究所，因建在猴嘴街的南端，被称作"南大院"。后来，研究所搬离，"南大院"成了盐业机关干部的居住地，被戏称为猴嘴"中南海"……这些猴嘴往事，于我一个土生土长、对连云港历史有过一些研究的人，读起来都甚感新鲜好奇，津津有味，引人入胜。

卢明清的故乡在盐区的六道沟。过去这是一处盐碱地，布满了芦苇和杂草，人称西草地。不知什么缘故，大多数盐场都被国营化了，六道沟却成了副业队，需要自谋生路。卢明清的父亲十六岁就成了六道沟的队长，他带领父老乡亲白手起家，改造旧天地，终将这片蛮荒之地建成具有二十多个单元的新盐滩。父亲成了六道沟的代名词，大家亲切地叫他

"吴仁宝"。

"为什么我的眼里常含泪水？因为我对这土地爱得深沉……"

六道沟，是卢明清的衣胞之地；猴嘴，是卢明清的"大堰河"。是这片土地把他养大。所以他对这片土地充满深情，所以他才会怀念那些激情燃烧的岁月，才会倾注海一般的深情书写和赞美这片土地。

其次，这是一幅描绘猴嘴市井烟火、风土人情的民俗画卷。

从新中国成立之初到20世纪60年代，盐化机构、企业不断集聚，猴嘴人口随之激增，"家"的建设成了当务之急。"没有砖头，没有石头，没有木头……这些都难不倒创业者，他们脚踏荒原，划定宅基，就地取土，就地取草，用干打垒的方法建房。""干打垒，顾名思义，就是采土为原料，土里掺和着庄稼秸秆或杂草，拌和成干湿度适中的黏土渣子，将其一团一团搬到墙基之上，用榔头一锤一锤地夯打、垒墙……墙体垒成，用铁锹将里外两面铲平，显得光滑美观。再采来树木当屋梁，割芦苇、茅草苫顶，房子就算建成了。"当年，盐区的创业者们就是以这样的土坯草房遮挡风霜雨雪，在此生儿育女的。

作家以饱含深情的笔墨，为我们再现了猴嘴人民历经苦难、激情创业的峥嵘岁月。当然，回味往事，有苦亦有甜。在阅读这些篇章时，我们仿佛闻到了"铁路干打垒"街巷里浓浓的市井气息；闻到了猴嘴沿街次第开放的桃花、杏花、梨花、海棠花那醉人的芬芳，尤其是沁入作家梦乡的"苦楝天香"；闻到了猴嘴老鱼市那一筐筐一篮篮的丁鱼、鲈鱼、沙光鱼、黄鲫鱼、对虾、白米虾、黄螯蟹散发出的海味和鲜气。如果说"连云港的空气里都带三分鲜"，那猴嘴街的空气里至少弥漫着"五分鲜"！

是的，我们仿佛置身其中，听到窗外传来的卖蔬菜、卖水果、卖凉粉、卖鸡蛋的吆喝声，听到"大粗布商店"服务员扯布时那悦耳动听的"哧"的一声，听到"猴嘴运销站"高音大喇叭播报"三千米以上高空"的"盐场天气预报"……

我们追随作家的笔触，走进"盐场大会堂"，看到曹芳儿、杨子荣、李铁梅等角色在板鼓声声中走上了舞台；我们涌上街头，拥挤在兴奋的人群中，欣赏了一场"猴嘴木船大队高跷子"演出，那些弄船人粉墨登场，身轻似燕，行走如飞；我们来到"运销俱乐部"灯光球场，观赏了一场海鸽篮球队与江苏体干队的友谊比赛，为"海鸽队"摇旗呐喊……

我们来到"猴嘴饭店"，那碗热气腾腾的杂烩面仿佛端到了面前，令人垂涎欲滴。不过，猴嘴街头的王小铁猪头肉、桑家吊炉饼、杨家锅盔饼、郁家馄饨等，亦各具特色，让我们大饱口福，流连忘返……

再到"玉波浴池"泡个澡，到"富港眼镜店"配副眼镜，到"猴嘴照相馆"留个影，到"猴嘴邮电局"寄一封情书，到"猴嘴卖花婆"刘素云家里看她剪纸、绣花，请"猴嘴墨客"——镇文化馆郭馆长写一张"花好月圆"的条幅，最后，坐上"猴嘴2路车",风驰电掣,从历史回到现实……

《青蒿》《和我同年的花狸猫》《沙光鱼转老苦菜》等篇什,我在网络平台上早已先睹为快,这些作品获得过中国散文年会"十佳散文奖"等奖项,为卢明清赢得了不少荣誉。《和我同年的花狸猫》一文情节独特,感情真挚,细节描写栩栩如生。花狸猫在发洪水时从"我"身边离奇失踪,原来是去海堤上守候、陪伴抢险救灾时处于危险中的父亲;而花狸猫归来后对"我""爱理不理、若即若离",是因为它预感到自己年事已老,将不久于世,这样是为了让"我"在它离去时不至于"太伤心"……读来让人潸然泪下,人与动物的奇缘感人至深!

《寄居蟹》《招潮蟹》《滩虎》《老等》这组"风物拾零"写实传神,意趣盎然,令人称奇。《钩蟹》《罾鱼》《拾鱼》《钓鱼》《淌鱼》《掏鱼》《推钩》《戽鱼》,写的是童年童趣、少年往事,打捞那些令人难忘的青葱记忆。凡此种种捞鱼摸虾的技法,看来都是少年卢明清的拿手好戏,非亲身经历岂能如此娴熟,显示了作家丰富的人生阅历和对生活细节独到的观察能力。

最后,我要说,这是一部传承家国情怀、弘扬主旋律的乡土教材。

《我的外公》《定销户》《雪水》《咸鸭蛋》《童年的野菜》《我家老物件》等篇什写的是作者的家事,也是一个普通盐场人家那个年代真实的生活写照。作者的外公早年加入共产党,做地下情报工作，曾被捕入狱。抗战期间，外公得知他的亲二弟要为日本人运送一船枪支，便用棍棒将二弟打昏，与地下党组织联系后，把这批武器运送到了南方抗日前线。后来，外公与党组织失去联系，一度被当作叛徒对待，受人白眼。直到20世纪80年代，才与介绍他入党的地下党领导在芸芸人海中邂逅，组织上为他恢复了党籍，落实了政策，那时，外公已经八十高龄……外公说："许多同志跟着共产党干，搭上命，连名字都没有留下来，与他们相比，我不算什么……"

这就是情怀，一个老共产党员的家国情怀！

《雪水》记述了作者家里那口藏在西屋的大水缸，一年四季，缸里的雪水都不会干涸。雪水甘美透心凉，珍贵无比，但"我"奶奶和父母充满爱心，慷慨予人，手留余香。谁家的女人生了孩子，家里没有好水，奶奶就揭开水缸上的芦苇帘子，用水瓢舀出雪水奉送；"五保户"老人断水时，奶奶和母亲从缸中一瓢一瓢取出雪水，让父亲给"五保户"老人送去。那甘甜清凉的雪水呀，"哗啦啦"流到老人的小水缸里，至今还萦绕在耳畔，激荡在心中……

这也是一种情怀，这是中华民族朴素而真善的美德。

《收盐》描写了小满时节咸土地上盐工们辛勤收获的劳动场景。为了将家乡的荒草地改成新式盐滩，作者的父亲带领乡亲们就像参加"南泥湾大生产"，男女老少齐上阵，披星星戴月亮，磨破了手套再磨破手掌，不知挖断了多少根锹柄，推坏了多少个车轱辘，拉断了多少根车绊，终将一片荒芜之地建成盐花芬芳的优质盐场。"阳光下，那些沉淀在卤水里的盐花变成了颗粒，只要几个时辰，盐粒就长得像樱桃一样，酷似水晶，剔透明亮，散发出海的馨香……""盐工们将白花花沉甸甸的盐晶一担一担挑到池道上。人，盐堆，还有不远处的风车，倒映在池水中，就像一幅风景画。""太阳晒，海风吹，皮肤黧黑发亮，盐工中的那些靓妹，被大家叫作'黑牡丹'"……

我是第一次读到把盐、盐场、女盐工写得这么美的文字，从字里行间真切地体会到作者对这块咸土地最深最美的情怀。

《阳光下的赶海人》写的是卢明立的故事。卢明立是作者的小弟，就是那个在泥泞的海滩上一直冲在最前面的赶海少年。1988年，已是一家集团公司中层干部的卢明立准备下海创业，父亲当即表示支持："刀在石上磨，人在世上闯。"后来，卢明立毅然决然地离开原单位，以十万元起家，创办了氨纶纺丝机械制造企业。接到第一笔订单后，为了聚精会神干事业，夫妻俩将女儿送到外地读书，两人吃住在厂里，一干就是数月，终于生产出达到国际标准的产品。然而，成功和磨难往往是一对孪生兄弟，2001年底，公司因为产品不合格面临灭顶之灾。但卢明立没有倒下，而是组织技术人员攻关，查出原因，又耗资三百万元，在六个月内将新产品交到客户手上。"有品质才会有市场"，卢明立顶住如山的压力，赢得了市场。他的步伐并没有停止，常常连夜赶路，大江南北跑客户，做调研，拿订单，来去匆匆。他的眼睛熬红了，嘴唇干裂了，但只要在公司一出现，他的脚步总是显得那么轻松，员工的眼前就会豁然一亮。

历经二十年打拼，那个"阳光下的赶海少年"出息了，他已经是国家"万人计划"科技创业领军人才、享受国务院政府特殊津贴专家、全国机械工业优秀企业家，还是省党代会代表、省人大代表。他创办的企业跃上了中国制造业单项冠军示范企业领奖台，跨入国家火炬计划重点高新技术企业行列。从卢明立的身上，我们看到了这一代猴嘴人的家国情怀，看到了一个民营企业家对国家、对民族勇于担当勇于拼搏的精神和品格。

猴嘴这一家三代人负重前行、筚路蓝缕、锐意创新的真实故事，正是一部洋溢着炽热情怀和浩然正气、生动而鲜活的乡土教材。

卢明清在后记中写道，《猴嘴散记》的创作历时三年，他常常夜不能寐，心潮起伏，推掉许多应酬，白天黑夜坚守案头；他走访了数十名猴嘴历史的见证人，查阅了无数资料，有的文章十易其稿……不过，他觉得这本书还是浮光掠影，还有遗珠之憾，如有机会，他还要写一本《猴嘴新韵》，把一个更加光彩绚丽、更加婀娜多姿的猴嘴呈现给广大读者。

卢明清，我们期待着。

心灵寄处是家园

——王跃散文集《小街连云》读札

连云港市的女作家中，既写小说又写散文的不多，王跃是一个，小说和散文都写得好。

《小街连云》是王跃即将出版发行的散文集，也是她继《赠我夕阳》之后的第二部散文集。书中收录了她近年来发表于《散文百家》《散文选刊》和《中国青年报》《扬子晚报》《现代快报》《江南时报》等报刊的散文六十余篇，其中多篇获得"邱心如全国女性散文大赛"奖、《花城》优秀征文奖等奖项，分为"小街连云""眺望乡愁""人闲花落"三辑。我收到稿样后先睹为快，感慨良多。

一

第一辑"小街连云"，凡二十余篇，大多描述连云老街的民情风貌。

从王跃的文章中了解到，她70年代出生于沭阳县乡下；80年代中期，刚刚小学毕业的她通过农转非，成了城里人，来到第二故乡连云（镇）老街。"我父亲和母亲一直住在二道街。有父母的地方就是故乡，就是家园。对二道街，我是熟悉的，像熟悉掌纹一样熟悉……"

时光荏苒，昔日的连云老街，时常像画卷似的飘忽在王跃的眼前。《小街连云》写道："通往二道街的山路，是斜坡，有三四十度……如果你手里的东西是圆的，你一定要看好它，不然它比长了脚走得还快。"如果从坡上滚下来的是苹果或西瓜，那你就等着看笑话吧，"那西瓜有的撞到电线杆上，红红的瓜汁溅得满地都是；有的滚到下水道里，跌为几瓣，咧开大嘴，乐不可支……"因为其地形环境的特殊性，二道街成了一条与自行车"绝缘"的街道。如果你非要在这里骑自行车，那可要"大祸临头"，闹出的将不仅仅是一个笑话！所以，不会骑车，是二道街女孩的一个标记。"你只有像水一样，遇方则方，遇圆则圆，顺应器皿的形态，才能轻松地生活。"在二道街，选择步行同样觉得很幸福。

《庙岭山，一座不沉的山》，书写了一座山的悲壮历史。庙岭山因有一座香火鼎盛的寺庙而得名。1982年，庙岭新港区煤码头工程开工，劈山填海，曾经生机盎然的庙岭山随着

"轰隆隆"的巨大爆破声变瘦了变小了，甚至不见了！但一座现代化的码头羽翼渐丰，一个新型港区诞生了，日夜迎接八方巨轮。

与庙岭山同样消失的还有那棵大松树（《哦，大松树》）。由于港口建设需要拓宽马路，百年树龄的大松树被砍被刨。但大松树的地名还在，它已经成为一面旗帜，活在老街人的记忆里。

作家笔下的连云古镇，小巷众多，特色鲜明。《连云小巷》写道：小巷的路，有的是青石铺就，有的是石阶砌成；小巷人家的墙和地基多由碎石砌成，形如指头、鸡蛋、拳头大小的石头，严丝合缝、密密麻麻地垒在一起……如此坚硬坚固的石头，愣是被一双双能工巧匠的手摸得柔顺了，塑造了一座独具特色、美如图画的石头城。

果城里就是连云镇一个中西合璧、具有上海石库门特点的民国建筑群，是镶在山海之间的一颗明珠。南面，紧邻一座座黛青色的山峦；山脚下的黄海，在低低地吟唱。当春天花蕾绽放的时候，作家深情地吐露心声（《我在果城里，等你》）："无论你来，还是不来，我都在等你，等成一池春水，无风也起层层涟漪……"

《花事缤纷》写了四种花：金银花、映山红、野蔷薇和栀子花。这四种花应该说都不是什么名贵的花，它们像连云老街一样朴实无华，却花香浓郁、各有特色。金银花是万花丛中一点黄，含蓄内敛，清香宜人，被誉为清热解毒的良药，"饮用金银花，内火一扫光"。映山红"是山花，是开在风里雨里的花……是云台山腮边的一抹胭脂";"它的根触摸着岩石,叶沐浴着山风,花迎接着春雷,越艰难斗志越旺"。二道街的野蔷薇还真有"野性",它们东一丛西一丛开得"毫无章法",连"花香也是时淡时浓,时有时无,调皮得很",一旦移栽到院里,它的花朵就不再水灵,好像"受了气一般",但这"不妨碍我对它的喜爱"。栀子花"喝的是云台山上的泉水",香气扑鼻,"往人身上沾,掸都掸不走"。在《电影院,飘着栀子花的香》一文里,作家也着重写道,栀子花开时节,大松树电影院门前,有不少挎着满篮栀子花叫卖的小媳妇或老妇人,电影院的里里外外,都飘着栀子花的香气。

王跃在本书的扉页上写:谨以此书献给我的父亲。《我的父亲》一文追忆了作者父亲的传奇人生,特别是父亲患癌后,作为女儿她痛彻心扉的感受。作者的父亲是一个毫无背景也没有什么学历的农村穷小子,凭着自己的不懈努力,从沭阳县砖瓦厂的生产工人干起,走上了管理岗位——车间主任;在县委专案组工作时,又响应号召支边(连云港地处沿海,与日本、韩国隔海相望,属"边境"地区),成为连云港港务局轮驳公司的中层干部。父亲,一生沉稳的人,最后被病魔击倒,留给女儿的是无尽哀思。

然而,与父亲"青梅竹马"的母亲自父亲生病到下葬,"我没见她掉一滴眼泪,只是脸冷得似一块铁"。难道,母亲是铁石心肠?《我的妈妈也流泪》中这样写道:"我姐说,我妈也真是太能忍了,她担心自己一哭家里就更乱了,谁来撑住局面？"直到父亲去世的第一个清明节，全家人一起给父亲上坟，"我妈（终于）像一棵轰然倒下的树，扑在坟前，哭声刀子一样直插我的心脏……"原来，"我的妈妈也流泪，只是她把脆弱深深地藏在心间，不想让脆弱的我发现……"这一段亲人间生死离别、阴阳两隔的情感描述，细致入微，震撼人心！同时，让我们领悟：一个女儿，一个妻子，一个母亲……一个女性的崇高与伟大！

二

生活在城市的王跃，总在不经意间想起童年生活的乡村。乡村生活的点点滴滴、村庄田野那或清晰或朦胧的轮廓，常常闯入她的梦境……

故乡，是令人魂牵梦萦的所在。对故乡故土的思念、眷恋之情，就是乡愁。余光中说，乡愁是一枚小小的邮票，一张窄窄的船票，一湾浅浅的海峡；席慕蓉说，故乡的歌是一支清远的笛，乡愁是一棵没有年轮的树，永不老去；三毛说，乡愁是梦中的橄榄树……每个人都有乡愁，它说不清道不明，挥之不去，如一缕青丝缠在心头。

王跃的乡愁是什么？

——对童年"割猪菜"的回忆。那时，村里家家门前都有一个猪圈。孩子们放学后，到野地里割猪菜，帮猪填饱肚子，也是替家里减轻负担。她至今记得许多野菜的名字：七雁头、二月蓝、曲曲菜、灰条菜……记忆里的猪肉，香气撩人，一家吃肉，能香半个村子。

——梦见了故乡的黄花菜。"黄花菜的叶子蓬蓬勃勃地伸展着，绿油油的，绿色的叶子间抽出一根根类似蒜薹的杆子，杆子的顶端长着几个岔，岔枝上冒出一个个黄中透绿的花苞，花苞渐渐长成针形，所以它又叫金针菜。黄花菜不能绽开，一旦开放，就意味着营养流失，身价也随之大跌。""清晨，我采完花往家走的时候，晨风轻轻吹起，我淡绿色的裙裾，在风中羽翼似的飘扬，上面落满玫瑰色的霞光，暗香浮动，脚下的乡间小路，成了一条铺满玫瑰花瓣的绸带，我蝴蝶似的在上飞舞……"

——梦乡里的"豆角花开了"。"像一只只振翅欲飞的蝴蝶，或白，或紫，或粉，零零星星隐藏在绿叶间，开得执着而认真。"由豆角花，想到母亲让她送豆角给村里的残疾人李三，想到李三有个长得像"狐仙"一样好看且不嫌弃他的女儿，想到四季里惦记着给李三送吃的的那些乡亲……"有一种爱，不张扬，却那么实在，那么稳妥，就像夏天的豆角花……"

——记忆里的紫云英开花时节。"这时，多彩的蝴蝶闻讯赶来，在紫色的花丛间不知疲倦，一曲接一曲舞个不停……"在家乡一眼望不到边的田野里，"一个人也可以玩得兴致盎然，采摘一根根带花的茎条，精心编成一个花环，戴在头上或挂在脖颈上，犒劳自己，让这时的自己成为花海中的英雄"。而且，紫云英可以翻耕入地作为绿肥，是春天送给村庄的厚礼。待到收获季节，那刚加工出来的新米，总是散发出一种清亮的紫云英花香的味道。

王跃笔下的乡愁，是"灯如豆"光影下的母亲，是清明时节头戴柳花的小女孩，是南京下放户的小女儿莹莹，是跑船的堂兄弟大勇和他的城里媳妇"小猫子"，是女知青汪伟和一张张色泽绚丽的玻璃糖纸……

乡愁，是甜甜的怀想，是淡淡的苦涩，是模糊的惆怅，是所有感情中最纯真、最朴素的！

恰如电视剧《人世间》主题歌的唱词：世间的甜啊，走多远都记得回家……

三

读王跃的散文，尤其是第三辑"人闲花落"的篇什，我不由得想到一个词：轻散文。这个词近些年几乎没看到，但它深深地刻在我的脑海里，因为这个词与我的一位故友有关。这位故友名叫郝炜，是个特别优秀的作家。20世纪80年代，他由吉林省吉林市作为人才引进调到连云港工作，后又回到吉林，2014年英年早逝。2010年前后，郝炜与本省作家周颖提出了"轻散文"的概念。"轻散文"的核心理念是：关注当下，关注现场，适应微博时代，写精短而细腻、朴实而真挚的散文。正如孙犁先生多年前倡导的那样："返璞归真，用崇实的精神写文章。"当时，九州出版社出版了一套"轻散文丛书"，分别是郝炜及周颖的代表作品《酿葡萄酒的心情》和《志忑》。他们笔下的"微生活"盎然生辉，有声有色，完全是你过去不曾注意或未曾发现的。即使在如此快节奏的当下，他们也可以诗意地栖居和生活。

王跃的散文有不少是写自己的日常生活，写自己的内心感受，不浮躁不矫饰，朴素自然，是对所见所感的如实呈现和真情流露，亦重新发现生活的诗意和新奇之处。可以说，与"轻散文"的理念不谋而合。

王跃爱花，种花，养花，她把住宅楼下一块杂草丛生的闲地"化腐朽为神奇"，变成了一处姹紫嫣红的花园。王跃爱花，梦里是花，笔下写花，以女性的细柔之心、细腻观察和博爱情怀为我们营造了一个花的世界。我大致数了一下，这本散文集里以花为题的文章有二十来篇，约占全书的三分之一。

在《春天的花园》里，王跃写出了对生活的感悟，余韵绵长。"楼下有一块地，闲置多年……操持这块闲地，让我咂摸到另一种滋味，和人生酷似。……种自己的花，让别人说去吧！"曾经的闲地，在一片争议声中，姹紫嫣红。漫步其间，她想起女儿填报高考志愿时，"像勇士一样"力排众议，填报师范大学。"只有那些坚如磐石的人，才会执着于自己的理想，所向披靡，不畏人言，勇往直前，种出自己心仪的花。"

《花盆里的蒜苗》写得活泼生动，又质朴沉实。几个形状各异的小花盆，空空如也。作家决定把大蒜栽在花盆里，让枯黄的季节有一抹葱绿。如果有一天烧鱼缺那么点调料，也能掐几片叶子让盘子生动起来。"起初蒜苗亭亭净植，过一段日子再看就显得单薄瘦弱，本该油绿的叶子，隐隐透出枯黄……我依稀听到它的残喘声，不由得动了恻隐之心。"当作家把花盆拿到楼下的花园，准备把蒜苗请出栽到地里时，眼前的情形令人震撼："大蒜的根部已经编织成鸟窝状，丝丝入扣；根须，蚕丝一样纤细，雪花一样洁白，几乎挤满整个花盆的底座。"作家发出由衷的感叹："有人说，生活像鸭子，人们只看到它优雅地浮在水面，却不知它两脚在水底拼命地划水。我哪里想到，一棵棵其貌不扬的蒜苗，也竭力地在肉眼看不到的地方，玩命地编织纯洁的梦。"

评论家肖惊鸿认为：我们面对的是一个纷杂的世界，而文学应该是相对更加静止的东西。"轻散文"写作的着眼点就是生活本身，就是身边的亲人、朋友、物件、自然等，让这些都在作家的笔下停留，让人们关注这些渺小的、细微的生命。

较之风行的追求"深远"与"宏阔"叙事，王跃的散文是对传统生活散文的一种回归和创新，回归日常与身边，书写的是小题材、小景象、小感觉、小思绪，小而精要，轻而厚重。

用王跃散文《一颗诗心》里的一段话作为结束语："在生活中，一个人讴歌生活的方式多种多样，诗人用诗，画家用画，歌唱家用歌。……用一颗诗心对待自己的生活，一切都会美好起来。"

蒹葭苍苍故园情

——杨红星散文集《风从故乡来》读记

　　杨红星的家乡是黄海之滨、云台山下一个名叫程圩的小村庄。这个村庄向北，距离不到十里路，就是我的衣胞之地蟹脐沟。两地鸡犬之声相闻，袅袅炊烟抬头可见，我和红星算得上真正意义的老乡。我们虽然见面不多，交流也不多，但每次见面都有一种天然的心有灵犀的亲近感。今年春节期间，红星将他新近出版的散文集《风从故乡来》送我，我随身带到了上海，得空便读上几篇。这些质朴真诚的文字，常常让我思绪万千，仿佛回到了童年，回到了故乡。

　　《风从故乡来》是杨红星的第二部散文集。在此之前，他于 2018 年出版了第一部散文集——《温暖的乡愁》。这中间仅仅隔了两年多时间，连给这两本书作序的王成章先生都感到吃惊和担心，一是怕两本书出现内容雷同的情况，二是担心写成"烫剩饭"。但读过书稿后，王成章先生给出的评价是："这是一本描写连云港市地域文化、风土人情的具有浓浓乡土情愫的散文集，红星正走在文学的正道上。"实际上，这是成章先生对这部作品及杨红星的文学追求两个方面给予了肯定。文如其人，言为心声，在杨红星的作品里表现得尤为纯粹。

这部散文集分为"岁月流金""海边风味""履痕处处"三个部分。"岁月流金"撷取岁月长河里的花儿一朵、涟漪一片，记忆挚爱亲友，回望如缕乡愁，抒怀浓浓的故园情结；"海边风味"描述的是舌尖上的心跳，黄海之滨、盐圩滩地的特产风物，原汁原味原生态，"空气里也带三分鲜"；"履痕处处"是作者走出家乡，在全国各地行旅留下的足迹和感悟，"生活中不仅有家乡的美景，还有旅途中偶遇的他乡风情"。前两部分占全书篇幅的四分之三，很接地气，并且能够代表作家的创作特色；第三部分的"行走文学"，则向读者展示了作家散文创作更广阔的空间。

回望故土，抒怀乡愁，讴歌乡情亲情，是这部散文集的核心内容。故乡是杨红星的根，是他初心出发的地方；乡愁是他挥之不去的记忆，是他永远的念想和情思。《程圩、乡愁、初心》《程圩——想你在风花雪月》《蒹葭苍苍》《那已拆迁的故乡》等篇什记述了故乡程圩的往昔风光、前世今生。

"故乡最近的边界距离黄海防浪堤坝只有五十米，和盐场仅隔一条排洪河相望。是坐落在黄海千里海岸线上一颗碧绿的翡翠，是镶嵌在百里盐场边上一颗耀眼的珍珠。……小小村落，三面环水，一面临盐田；依山而存，山灵水秀，四季分明，地道的鱼米之乡。"

"故乡的芦苇荡一望无际，苍黄一片。滩涂湿地上面积巨大的海英草，有了秋风秋雨秋霜的浸润，由青变红……和芦苇荡的苍黄形成强烈对比，就像一幅旷世孤品油画在大地上铺展开来，精彩纷呈，绚丽多彩，别有苍茫雄浑之美。"

作家深情地写道："感恩生我养我的故乡，多少次梦里，我匍匐在这片大地上。我亲吻着大地上的蒹葭，我采几珠蒹葭上的白露，滴在我的心田，滋润我初心的花蕊。"

《打麦场》以童年的视角，描述了麦收季节爷爷"扬场"、奶奶"掸场"的劳动场景，形象生动，出神入化："爷爷赤裸着上身，裤腿卷得高高的，光着脚拉开了架势站在打麦场上，手持扬场锨。……锨头插入麦堆，腰身弓起，双膝绷直，双手上扬，张弛有度，锨头扬上天空。……随着木锨向上划出的弧线最高点，麦粒被抛出一道美丽的扇形图案，由空中向地面纷纷飘落，混在一起的麦壳和麦芒，则随着微风飘向下风头。"在《又到玉米丰收时》《氨水》文中，也有类似的回忆。既写出了农忙劳作的辛苦，也分享了庄稼丰收的喜悦，更有亲人间的默契配合、相互体贴、相濡以沫。

阅读《钓沙光鱼的童年》《戽鱼》《闹汪》《推虾皮》等篇什，让我感同身受。钓沙光鱼的描写趣味十足：鱼竿是云台山上现砍的毛竹，要先放在煤油灯的火焰上炙烤，这叫"入"；然后再放到屋外阴凉处阴干，竿尾立地，竿头朝上，顺着弧度倚在石头墙上，这叫"镪"。钓鱼的诱饵是蚯蚓，将七八条蚯蚓穿成一个"〇"形圈，再坠上一个锥形的"锡坨"，系在竿头的尼龙绳上，就做成了一个完整的钓沙光鱼的渔具。当然，"坨钓"还需要一个网舀，右手持鱼竿，左手执网舀。沙光鱼咬饵后，一手迅速提竿，一手操起网舀，等沙光鱼离水后，情知不妙松了口，便应声落入等在下面的网舀里……

"戽鱼"讲究的是两个人一对手的配合，无须话语交流，全凭肢体语言传递信息；两个人要心有灵犀，心领神会。"戽水戽水，活儿都在系上，好坏都在手上。"也有两副斗三副斗一起戽水的，通常由四个人或六个人中的年长者大声喊号子，"所有人同时跟着号子伸胳膊、屈腿、弯腰、体微侧、放斗，斗入水；屈胳膊、绷腿、直腰、体微侧，斗出水"。动作整齐划一，极富节奏。

大鱼捕获，小鱼弃之。大人们组成的捕鱼队伍转移了"战场"，水汪里剩下的小鱼小虾就成了孩子们"闹汪"的战利品。"闹汪"是作者童年的乡村生活即景，趣意盎然。"闹"带有嬉戏打闹、纵情尽兴之意，非亲身经历不能体会其中的乐趣和奥妙。

《推虾皮》的描写生动细腻。从准备"虾皮网"，到观察风向、网速、潮水，再到腰系葫芦漂篮，下海"浅推"或踩高跷"深推"，加之下海前的饮食和禁忌，带着我们"领略这项既艰苦又颇为神奇的古老的海边劳作，这是人类搏击风浪、耕海牧鱼、向大海讨生活的艰辛场景"。

　　实际上，"海边的风味"这部分内容也是杨红星恋恋乡愁的另一版本。乡愁，也是味觉的思念，无论一个人在外闯荡多少年，即使口音变了，对故乡的食物，仍怀无限念想。

　　《簖码头》一文里的簖码头学名短蛸，是章鱼的一种。这般方言叫法恐怕只局限于我们家乡那一带很小的范围。簖码头的脑袋也是它的肚囊，里面含有三宝：大米（形似大米的卵）、墨汁、膏黄。新鲜的簖码头只需把爪子吸盘上残留的海泥海沙洗净，即可下入翻滚的沸水里。用一锅清水烹煮，使之最原生态的鲜味芳华激发出来。

　　"小乌眼"的个头只略大于一粒黄豆，似无限缩小版的墨鱼；"小眼鱼"与黄鱼、黄姑鱼同科同源，是黄姑鱼的袖珍版；"小鲥鱼"在每年三月三风筝飞满天时，会踏着时节的脚步准时出现在海州湾水域……这些独具风味的小海鲜都在特定的季节里出现，尝鲜的时机稍纵即逝，连很多本地人都少有见闻。作家以传神的笔墨将其呈现，让人眼界大开，同时也禁不住舌尖上的味蕾大开。

　　《虾皮卤》写道：一家煮虾皮，半庄闻鲜味。一大锅小白虾加入大粒海盐煮好后，会有一大盆卤，这卤汁是下一家煮虾皮的最好添加剂，也叫虾皮引子。反复熬煮的老卤汁盛在大盆里，颜色变得略微发红，上面漂浮着一层厚厚的油脂。所以这虾皮卤也被爷爷叫作虾皮油。一大碗刚出锅的手擀面，配上一调羹蒜泥，淋上一调羹虾皮油，是冬天里犒劳家人的最好美食。

　　"鳓鱼卤"的加工需要一年以上的腌制和发酵，经过煮沸过滤后制成高档鱼露，呈红褐色，澄明有光泽，鲜味深沉浓郁。这种天然纯鲜的卤汁胜过世间所有的调味品。

这本散文集里有不少文章记述了杨红星对母亲、对岳父母的感恩和陪护，对妻子的体贴和牵挂，对女儿的疼爱、呵护和由衷的自豪、骄傲。他把内心的深情眷恋诉诸笔端，谱写了一曲曲人间至爱的亲情颂歌。《陪母亲住院》中有一段描写感人至深："母亲半倚半躺在床上，打着点滴，我在她的脖子下垫了一块事先准备好的围巾，一手端碗稀饭，一手拿着汤匙给她喂饭。母亲真的老了。在我印象里母亲永远年轻，腰身永远挺拔。……我喂一口母亲吃一口，幸福荡漾在她的脸上……"

《手心里的温柔》《婚纱照》《抗疫第一线的妻子》等文中，红星表达了对妻子的真情挚爱："平凡的日子里，我们相遇；遇上你是偶然，也是我的缘；爱上你是我情不自禁，也是命中注定。"

一个作家的人品和胸怀决定了他作品的品位。杨红星从一名基层环卫工人，一步一个脚印，成为区环卫处的负责人。他的妻子是社区卫生服务中心的门诊大夫。夫妻俩在平凡的工作岗位上尽心尽职、乐于奉献，做出了不平凡的成绩，两人都被授予市级"劳动模范"的荣誉称号。红星有一个幸福的家庭，一个特别优秀特别懂事的女儿。从《手心里的女儿》《人生如逆旅，女儿亦行人》等文中看到，他的女儿从小学到大学，没有参加过一次补习班，直到考研时报了一个辅导班，便觉得花了父母的血汗钱而心疼不已。在上大学和读研期间，她每个暑期都去打工，做过家教，做过快餐店厨工，做过蛋糕店面点师傅，做过超市理货员……还主动到社区做疫情防控志愿者。女儿如此优秀，与家庭的熏陶、父母的言传身教是密不可分的。

在"履痕处处"这部分，杨红星写到他的"广西之行""陕西之行""张家港之行""台儿庄之行"；写到他最爱姑苏美，夜游寒山寺；写到他三下扬州，泛舟瘦西湖，漫步古运河畔，走进汪曾祺故居……文中涉及各地的历史地理、人文风光、民俗民情，在漫步行走中敏于观察、勤于积淀，体悟人生况味，这是他散文创作新的拓展。

引用杨红星《喜欢唐诗宋词》一文的结尾，给这篇读后记收尾："行到水穷处，坐看云起时。"这是人生的一种豁达心态，更是人生的一种修为和境界。人活着，不仅是工作、学习、休息和一日三餐，还应该有自己的诗和远方。

日出时，天际线划过的那一抹朝霞，或许就是远方。

泥土的芳香　心灵的气息

——徐东小说集《大雪》读札

捧读徐东的小说集《大雪》，是在初冬的下午。阳光照在书桌上，一杯刚沏的清茶飘着袅袅的热气。心是安静而舒缓的，也是温暖而诚谨的。这部收录了作者十余年呕心沥血之作的集子，散发着泥土的芳香、心灵的气息，每一篇都与众不同，每一篇都值得细读、深读。

一

《大雪》收选的文章，从题材上分类，《大雪》《大风》《赶集》《丸子汤》是乡土题材小说，《老于》《老齐》《变化》《丁一烽》《时闻鸟声》等属于城市题材小说。这些中短篇小说的主人公，又以老年人居多，实则是以有限的篇幅和独特的视角，勾勒出人物漫长的生命旅程。如果从篇幅上分类，除了上述中短篇小说外，余者大都是描写城市生活的微篇小说。

以短篇小说《大雪》作为这部小说集的书名，可见作家对其的偏爱和自信。徐东在随笔《关于酒关于信任》中写道："《大雪》是以我父亲为原型的。父亲早年做生意，起早贪黑，冬冷夏热，风里来雨里去，人又黑又瘦，我看在眼里，觉得父亲确实不容易。"既如此，便不难理解他在创作这篇小说时倾注的发自内心的真挚情感。

小说中的父亲为了赚够儿女的学费，即使雪后的路面再难走，也要骑着自行车去赶集卖菜。大年三十的集上，父亲的菜很快卖光了，他又到三十里外的县城批发甘蔗。谁知午饭后，天上下起鹅毛大雪，父亲批发了二百多斤的甘蔗，冒着风雪往家赶。在北京上大学的儿子和大女儿放假回家过春节，加上在家绣花挣钱的小女儿，他们担心和心疼父亲，在夜幕降临后，一起走进雪地，顶着"密密麻麻像是一群发疯的蝗虫"似的雪花，跑出村庄，跑到大路上，迎接他们的父亲。

当我读到孩子们"终于看到那个黑黑的影子——那正是他们艰难地推着车、一步一步挪行的父亲，他们用欢快的、激动的，同时带着哭腔的声音喊他"时，读到"父亲搓搓冻僵的手，从大妹手中接过包子，大口大口吞了两个，又从小妹手中接过水，喝了口水……和孩子们一起扶正自行车，开口说回家"时，我的泪水情不自禁地流下来。我为在暴风雪中跋涉前行的父亲感动，为在雪地里奔跑迎候父亲的三兄妹感动，也为这一家人深沉而温暖的挚爱亲情所感动。

微小说《大雨》可以作为《大雪》的姐妹篇参照阅读。"我"冒着大雨跑到几里外的大堤上迎接赶集回来的父亲。父亲自行车上的驮筐里装满了三百多斤的土豆，看到"我"来迎他，可以说是"喜出望外"。父亲的脚被玻璃划伤了，流了很多血，却"没有感觉到疼"。二十年后的今天，那场大雨"还一直在我的记忆里，在我的生命里"。

二

《大风》里的李杏斤，《赶集》里的老爷爷，《丸子汤》里的李宝家，《别墅》里的高翠莲，都是生活在乡村的老人。除了高翠莲稍年轻些，其余几位都是八十多岁的年迈老人。

李杏斤是在她七十七岁的妹妹上吊寻死后想到风的。"想到了风，她那颗苍老的心竟激动起来。"她用嘴巴制造风声，"发出异常的声音，让她感到快乐，让她的心一下子就好似变成了小姑娘的心"。李杏斤的异常，让她的三个儿子以为她"魔怔了"。实际上，李杏斤在冬天刮大风之前，"就无数次想到了风，想到风中飞扬的一些事物……从能记事的小时候起，到出嫁，到生儿育女……她一生的酸甜苦辣，一生喜怒哀乐的体验和经历"。在一个刮大风的下午，在床上不吃不喝、足足躺了半个多月的李杏斤，居然起了床，走进寒冷的、刮得呼呼响的大风里。"她的生命里就像充满了空气似的，让她产生了一种想要飞翔的冲动。"就连身体健壮的三儿媳居然拦也拦不住、拉也拉不住她！

在这里，大风是一种意象，是心灵的呼唤，是大地的召唤。"李杏斤的灵魂被大风吹走了，只留下了身体。"

《赶集》里的老爷爷年轻时"一夜可以砍七亩高粱，一天可以锄八亩地，一顿饭可以吃一桶（十几碗）面条"。现在他老了，连到集上走走，儿子们都不给他这个权利了，怕他迷了路或是在路上摔倒了。转过年他就八十七岁了，他试了试手脚，决定去赶一次集，再到离集市不远的地方去看看这辈子从未见过的火车。老爷爷看到铁道的时候是正午时分，而下午五点才有火车通过，所以等了很久火车也没有来。看看日头，他不能再等了，要回家了。他从铁道上往下坡走的时候，不小心摔倒，沿着十多米的斜坡滚了下来。就在这时候，他看到了火车。"火车的到来是通过身下的大地感觉到的……他看到黑黢黢的火车开过来，开近了，在铁道上一闪一闪地通过……"老爷爷的心愿了了，就算生命归于尘土也没有遗憾了。

李宝家回想他过去的几十年时光，"他想得很慢，他的想就像天上的云彩一样，虽然在动，可看不到在动"。《丸子汤》这篇小说的叙事缓慢而舒展，平心静气，慢条斯理，一如作者温文尔雅的性格。通过李宝家悠长的回忆，完整地追述了他大半生的生命旅程。李宝家十六岁那年，他的父母饿死了，哥哥也不堪饥寒吊死在庙里。他遇上了卖丸子汤的麻脸，被收留下来烧灶火。麻脸还把侄女——精神不正常的"魔道"女孩介绍给他做老婆。麻脸死后，李宝家接过"丸子汤"生意，一干就是几十年。这些年，"魔道"妻子每天都站在家门口，看着李宝家出门，又站在门口，等着他回家。他俩虽然没有生养孩子，但相依为命、知冷知热地过了几十年，直到"魔道"妻子去世。一年后，李宝家在清晨去集市的路上捡了个弃婴。他给这个孩子起名李路金，意思是路上拾到的金子。在小路金六岁时，李宝家带他到县医院补好了豁嘴儿，送他上了学，想象他长大，成了大学生。但是，当小路金的亲生母亲赶来偷看孩子之后，李宝家忍痛作出决定，把孩子送还给他的亲生父母。临送走前，他给孩子做了一锅丸子汤。不久，李宝家就没了。长大成人的孩子没有忘记他，每到过年过节，都会来为他的李宝家爷爷上坟烧纸。

李宝家、李杏斤和《赶集》里的老爷爷，都是"极好极好的老人"。他们善良、宽厚、朴实、坚韧，像广袤原野里的泥土，从来都是默默地奉献，从未想过索取和回报。

《别墅》里的高翠莲有两个儿子，在村里盖了两栋别墅。但是，两个儿子平时都在北京，大儿子夫妻俩在小儿子的公司打工，把七岁的男孩阳阳丢给了奶奶高翠莲。村里人说高翠莲的小儿子是"剥削人的资本家"。受大人的影响，村里的孩子们都不肯跟阳阳玩，高翠莲用糖果和小恩小惠收买，也无济于事。阳阳为了和孩子们玩到一起，只好跟他们一样说爸爸妈妈的坏话，说不想他们，不愿见到他们，还随小伙伴一起喊奶奶的外号"大嘴"。高翠莲感到非常吃惊和愤怒，抡起棍子将领头的小孩李乐乐的额头打破出血。在外打工的李乐乐父母坐高铁赶回家，找高翠莲索赔，双方争吵起来。阳阳见李乐乐一家围着奶奶吵，便冲上去踢打李乐乐的爸爸。李乐乐爸爸拎起阳阳摔到墙上……"阳阳没能救回来，高翠莲也疯了"。

这个悲剧故事描述了乡村留守儿童的生活现状，大胆揭示了当下农村存在的贫富矛盾，揭示了现实社会复杂的人心和人性，具有深刻的警示意义。

三

老于（《老于》）和老齐（《老齐》）是生活在都市的老人。老于生活在北京，老齐生活在深圳，一北一南。两个人的性格和境遇也各不相同。

老于是个仓库管理员，五十五岁，没到退休年龄。但他肺部出了大问题，已经是肺癌晚期。老于不想治了，因为儿子大学毕业也在北京发展，刚在通州按揭买了一套房子，他不想变成儿子的拖累。不过得了绝症的老于打算改变一下自己。他骑着三轮车，到了图书市场大门口，与保安小伙子怼上了。"照以前他会下了车，从栏杆底下矮着身子钻过去，然后再伸手拉他的三轮车滑过去。"但这一次，"老于给保安招了招手，笑了一下，示意他开一下栏杆"。保安却不理睬他，也不相信他说自己得了绝症："你就装吧，我看你得的是神经病！"一来二去，两人撕打起来。老于到附近买了把菜刀，

"嚯"的一下把菜刀架在自己的脖子上："你信不信我现在就死在你面前？"保安一下变得紧张起来，打开对讲机叫来队长……等到保安真的看到老于的化验单，联想到自己家里得了重病的父母，他的眼里有了泪花，真诚地向老于道歉。接着，保安队长又是一番"苦口婆心"地劝说，老于感动了，眼睛也有些湿了，把菜刀"咣唧"一声丢进车筐里。

老于和保安的故事告诉我们，人与人之间的隔膜，需要心灵的沟通，唯有爱可以融化人心的坚冰。只要人人都献出一点爱，世界将变成美好的人间。

在深圳的城中村，上了年纪的老齐靠捡垃圾为生。他租住的是每月租金二百五十元的、整栋楼唯一没有窗户的房间。连房东雇来管理和收租的老顾都对他没个好印象，建议过房东让他搬出去。"理由是老齐人太老了，没儿没女，从来没见有亲戚朋友看望过他，万一哪天生病死了，谁来管他呢？"

徐东对老齐的日常生活作了细致描写：他挣的钱除了交房租，剩下的只能很节省地用，每天吃馒头就榨菜，偶尔吃碗面就算好的了；他的房子里只有一盏十五瓦的电灯，为了省钱并不常开；即使是燠热的夏季，他也不用电风扇。

五十来岁的老顾"平时是个挺冷的人"，有一次，见到老齐被一辆小车擦伤后还一跛一拐地去捡破烂，便动了恻隐之心，把自己做的饭菜留了一份给老齐。老齐也向他敞开了封存已久的心扉。原来，十多年前，老齐和老伴从北方农村来到深圳，寻找在此打工、半年没有音讯的唯一养子。就这么一直找呀找，老伴患癌后不堪病痛折磨服安眠药自尽了，他继续找，"找不见就不回老家了"。他把老伴的骨灰盒摆在身边，每天"与他想象中还没有离去的老伴说说话"；每年还给她过生日，许个愿……"那天晚上，他把存下的三千多块钱拿给老顾，拜托了他一件事，他请老顾帮忙在他死后给火化了，带着他与老伴的骨灰回一趟他的老家，请乡亲们把他们给埋了。"老顾郑重地答应了，并完成了老齐最后的托付。

徐东关注城市和乡村的老年群体，用细腻的笔触描摹他们的生命晚景，以悲悯关爱的情怀探究他们的内心世界。令人惋叹，令人沉思。

四

《变化》和《丁一烽》是本书篇幅最长、分量很重的两部中篇小说。写的是花秋生（《变化》主人公）和丁一烽这两位年过不惑的中年男子的成长史、情爱史和心灵史。在他们身上，能隐约看到作家自身及其身边朋友的影子。

十年前的夏天，花秋生想买两样东西，一条短裤，一台电风扇，却一直难以如愿。他挣的钱太少了，除了寄给老家的父母五百元，还有七百元，扣除房租和吃饭钱，所剩无几。他上大学时谈了个女朋友马丽，后来因为两人都很穷而分手。马丽回家乡县城开了个鞋店，他来到北京，在一家编辑部做编辑，兼搞文学创作。虽然分开三年了，但他还爱着马丽，马丽的心里也一直有他，于是两人又在北京相聚。接着，马丽先到深圳发展，花秋生约了同事李更，也一起辞职来到深圳。两年后，马丽成了开化妆品店的小老板，花秋生在一家企业编内刊，工资涨到每月五千元。他俩在深圳买了房，结了婚。李更则与马丽的好友、化妆品公司老板林蓉结婚，住进了别墅，开上了路虎。

花秋生结婚后安于现状，缺少激情，写作的想法都淡了。"马丽忙着挣钱，顾不上和他要孩子，让他觉得马丽的心没在自己身上。""既然她不把自己当回事，自己也应该有些变化了，但最先发生变化的是李更和林蓉。"李更认为"写诗需要新鲜的感情"，常到夜总会等场所找女孩，寻找刺激，被林蓉跟踪发现后，两人离婚。李更觉得自己重获自由，带着女朋友约花秋生钓鱼休闲。花秋生邂逅年轻貌美的毛菲菲，"也想活得精彩一些"。两个月后，两人开房时被马丽捉奸在床。花秋生与马丽离婚后变得一无所有。

在这急剧变化的时代，生活在这熙熙攘攘的人世间，许多人都身不由己地发生了变化。唯独丁一烽还在坚守，还在执着地坚守他内心认定的价值观和道德观。"他拒绝了唾手可得的一千万。知道这件事的人没有谁不觉得他傻的……"《丁一烽》开头就设置了一个悬念：丁一烽为什么会拒绝这一千万？这一千万与他的前女友和前妻有什么关系？

二十一年前，丁一烽从北方老家来到深圳，这些年他一直在一家玩具厂上班，直到一个月前因工厂搬离深圳而失业。他从最初每月工资三四百块钱，升至每月五千多，成了厂里最老的员工。这在深圳简直就是个奇迹：他周围的一切都在变化，"只有他，除了年龄外，别的什么都没变"。

在女工多男工少的工厂，沉默寡言的丁一烽也是有人喜欢的，而且是两个女孩同时喜欢上他。一个是"娇小玲珑"的何笑颜，一个是"要个头有个头、要身材有身材"的马钰琪。这俩人还是特别要好的朋友。丁一烽虽然会和两个女孩一起去公园散步，但内心里喜欢的是何笑颜。马钰琪看出来后，主动退出，甘当他俩的红娘。丁一烽与何笑颜的感情在经历"非典"期间的日夜守护后有了突破性发展，两人租房同居。他甚至计划起两人结婚的事。"何笑颜却一直渴望着变化，不想一直在工厂的流水线上做工。"她后来成功地从玩具厂跳槽到一家模具厂，由工人变成销售人员。她不想被丁一烽牵绊住，以工作的地方远为借口，从两人同居的地方搬了出来。

何笑颜的变心让马钰琪有了机会，她主动走近丁一烽，有一天，他俩借着酒意纵情地合二为一。后来，聪明伶俐的马钰琪成了著名企业家张老板的秘书，经常陪老板去应酬，这让丁一烽难以接受，有些不放心她。不过两人还是买了套婚房，举办了婚礼。婚后，丁一烽仍然怀疑马钰琪与张老板之间不清不白，对婚姻越来越没有信心。两人吵吵闹闹地一起生活了三年多，最终还是离了。离婚时，房子归马钰琪，她写了张四十万元的欠条给丁一烽。马钰琪辞职与何笑颜一起创业，卖了房子，买下机器设备，租了厂房，用了十年时间，一步步获得了成功。丁一烽当初的四十万，被马钰琪折算成投资成本，"现在少说也有一千万了"。这一天，马钰琪和何笑颜一起来见丁一烽，把一张存有一千万元的银行卡交给他："这些钱可以让你变成一个成功的、体面的男人了。"丁一烽笑着摇了摇头，坚决婉拒了这一千万，他只收下当初那四十万。

当然，作为小说人物，丁一烽面对"一千万"的选择，是作家浪漫主义的理想化虚构。作家在本书中不遗余力地渲染这种理想情怀，呼唤这种"古之义士"道德精神的回归，其拳拳之心和不懈追求令人感佩。

五

微篇小说《陌生人的欠条》在《百花园》杂志发表后，被《小说选刊》等多家选刊转载，获《小说选刊》杂志最受读者欢迎奖。小说写的是十二年前，一个作家给了一个落魄年轻人五百元钱，年轻人一定要打欠条，十二年后，年轻人知恩图报的故事。这时候的年轻人早已今非昔比，他听说作家至今还没有自己的住房，一定要还他五百万。但是作家无论如何不肯接受，最后只收下了五百元。小说写出了人间的善良和知识分子对自身价值观的坚守。

归于此类的微篇小说还有《读者》《二十年后再见面》《好运到来时》《请让我再想一想》《请帮我拿个主意》等。《读者》里的李更因为读了"我"的一篇充满寓意的小说《毒药》，深受启发，重新设计自己的人生规划，成为公认的文化名流，从此名利双收。但是，"他这几年一直在否定和批评一切，身上的毒性越来越大"。失眠症也困扰着他，让他生不如死。李更找到"我"，愿意出一百万甚至一千万，求"我"帮他解毒，让他睡个好觉。面对"一千万"的诱惑，"我"并没有做出自欺欺人的承诺，而是写了一篇名叫《良药》的小说送给他。"读完之后，他决定放弃所有的财产去做一个流浪汉。"而"我"再见到"风尘仆仆"从外地回来的李更时，感觉"他心里充满了阳光，像一股春风迎面向我吹来"。

《二十年后再见面》中的苏文举，是"我"的大学同学，文学社的积极分子，这些年做生意发了财，"该有的什么都有了"，唯独"作家梦"没有实现。这次到深圳见面，想请"我"帮他写一部小说，出版时署上他的名字，回报"我"的是一百万元。他还打了个比方："书就像一个孩子，虽然自己亲生的和不是自己亲生的不一样，但你收养的孩子，在你名下，也是属于你的啊！只要你不说，别人谁会知道？"面对这样的诱惑，"却又是让我出卖自己"的行为，"我"断然拒绝。

《请让我再想一想》里的小丽，是清贫作家"我"的初恋。她离婚后分得了一大笔财产，"完全自由了"，想与"决心单身过一辈子"的"我"再续前缘，甚至可以不要名分，像二十年前那样做"我"的情人。只要"我"答应，她就飞到深圳，在海边买一套大房子和"我"一起生活，让"我"以后安心写作，不再为钱的事发愁。但是，"我"想起了当年她离开时，"上车后头也没有回"。"我"犹豫了，坚持着说：

"让我再想一想。"

变化与坚守，是徐东小说里探寻和揭示的一对永恒的矛盾。评论家谢有顺在《一个城市的青年及其文学记忆》中指出："徐东的写作温和、执着且不失真诚，他的小说在对芜杂生活的剖析和追问、对精神空间的探寻与守护中，呈现出形而下的荒诞感和形而上的思辨色彩。"如何在日新月异、风云变幻的大时代对人生命运做出选择，作家徐东显然以自己的价值观和道德评判给出了理想化的指向："即使你混得不是那么如意，将来一事无成，也不要出卖灵魂。"(《请帮我拿个主意》)"因为那种心生喜欢的力量是纯正的、美妙的，可以支撑着我们不断地、与众不同地写下去，也可以让我们生活得更加舒畅和快乐……"(《时闻鸟声》)

三言两语

2015 年第 1 期《收获》的长中短篇小说，由女作家主打。迟子建、鲁敏、盛可以、娜彧，都是很能写又写得好的女作家。迟子建的长篇《群山之巅》，留待稍后慢慢品读，其他三位的中短篇，竟一口气看完了。过瘾！

按阅读顺序，三言两语，谈点感受。

娜彧的《刺杀希特勒》

因为认识娜彧，也因为这篇小说的题目，拿到杂志后，毫不犹豫地先翻到这一篇。娜彧没有让我失望，甚至可以说，令我非常惊喜。

三个四十开外五十不到的成功男人，相约出来喝茶聊天。

商学院的徐院长是这次聚会的提议者，但出门前受到夫人的揶揄和质疑：仨男人喝酒，穿这么讲究？你看你慌慌张张、神神秘秘，不就是去见俩朋友嘛，又不是见老相好。

读到这里，想必这个年龄段的许多男人都会会心一笑。

三个人喝茶聊天，说古谈今，忆起"文青"岁月，还拿其中最不"消停"的厅级官商张董开涮，调侃他心中的"女神"。到这个年龄，该有的都有了，是该"闲庭漫步"了。于是从茶社出来，大家又打算步行晃悠到其中的娱乐杂志周总编家切磋书法。这时候，马路对面的《刺杀希特勒》的电影广告吸引了他们——三个青春已逝的男人，何不去看场"名字还不错"的电影？

三个男人从电影院出来，各自散去。但事情来了。第二天，徐院长的夫人从他的车里发现两张座位连在一起的电影票！仨男人喝过茶又去看电影？夫人打死也不信这样的鬼话，况且还有一张电影票呢？夫人浮想联翩，仿佛已把徐院长捉奸在床。

但千真万确，他们买的是三张票，看了一场名为《刺杀希特勒》的电影。

娜彧写得从容自如，不动声色，看似平淡，没什么故事，实则有一场人心的暗战潜伏其中。

夫妻之间，猜疑是致命的刺杀。

（这样的小说我特喜欢。远一点的有汪曾祺的《受戒》、何立伟的《白色鸟》，王祥夫的好些小说，近的有顾前的《城里的月光》。好友李惊涛的《三个深夜喝酒的人》、陈武的

《我们一起熬夜》，也有这样的特质。）

盛可以的《小生命》

小说以一个少年的视角，旁观家中一件"喜事"的处理"流程"。

十八岁的上大专的姐姐怀了七个月的身孕，肇事的那小子被大姨、小姨、大姨父"捉拿"到大姨家，并"请"他的家长前来商办"喜事"。"我"方的亲戚们轮番出场，教育那小子，他却认为"我"家做得过分了，把他和姐姐的"浪漫爱情"搞得不成样子。

在这里，"爱情"二字听起来刺耳而滑稽。

那小子两岁时父母离异，做矿工的父亲和继母及叔叔应约而来，却并非商办"婚事"，而是想开脱责任，蒙混过关。小姨"一剑封喉"，大姨则挑明"引产"可能诱发"两条人命"的严峻后果，那小子一家开始服软、妥协。事情到了这儿，似乎皆大欢喜，可以敲锣打鼓操办喜事了。

但石破天惊，一直无声无息，好像事不关己的姐姐突然发声了：不，我不想嫁给他！今天晚上，我才知道，哪些人是真的爱我。

盛可以很会写人，爸，妈，小姨，大姨夫，那小子，那小子的爸爸、继母、叔叔，双方人马都性格各异，活灵活现。

当然最出彩的是姐姐。她不声不响，淡定自若，看似懵懵懂懂，没心没肺，实则心如明镜，且外柔内刚，颇有主张。

到最后，她"决定把孩子生下来"，让所有人呆住了。旋即，屋里的气氛变得喜气洋洋。

这篇小说写得轻松、诙谐，也很热闹。结尾出其不意，让人颇感温馨，回味无穷。

鲁敏的《三人二足》

这部中篇小说一开头就很抓人，一个长着一双美足的空姐与两个"恋足癖者"的故事，陌生、新鲜、刺激。这可是新领域啊，且人物心理刻画得精准、细腻、到位。不愧为高手亮剑！

但文章读至一大半，惊心动魄的时刻到了，那个伪装成"恋足癖者"的邱先生原来是个大毒枭，所谓的恋足、"爱足及鞋"、试穿、订货，实际上是精心设计，利用空姐的一双工作鞋一趟趟运送毒品。

空姐章涵做梦也没有想到，她在每次享受吻足、吮吸……飘飘欲仙，甚至想把全部身体奉献出来之时，她的一双工作鞋的鞋底夹层里已经装上了三百克海洛因。从昆明到哈尔滨，飞了七十二趟，她已经够判多少回死罪了！

所有的美梦刹那间毁灭，章涵只能去死了。那就拉上那个费尽心机把她拉下水的邱先生吧，从大厦的天台上翻然而下……

回头再看前面所有的情节安排，所有的细节，俨然串联成一根完整的链条，构思精巧，严丝合缝，无懈可击，显示了作家高超的功力。

　　鲁敏的文字颇有韧性和张力，且信息密集，禁得住反复咀嚼。

下辑　记忆与随想

十八岁，敲开那扇门

1983 年底，我从南通回家过寒假。那时，我刚满十八周岁，在南通一所中专学校就读港口机械专业，再有一个学期就毕业了。实际上，从上高中开始，我就迷上了文学，后来参加高考，考的却是理科，稀里糊涂地考上了南通的这所学校，算是跳出了农门。但是，在南通上学的三年里，我的所有课外阅读都是古今中外的文学名著和一些文学期刊，也尝试着写了几篇习作。

我知道家乡有一本文学杂志，叫《连云港文学》。就在这个寒假里的一天，我背着黄书包，包里装着两篇写在信纸上的习作，惴惴不安地敲开了《连云港文学》编辑部的门。

记得那时的《连云港文学》编辑部是在市武装部院内靠南的一幢楼上。给我开门的是一位二十七八岁的男青年，面容和善，笑眯眯的。听说我家在北云台山下的黄崖大队，他眼睛一亮，兴奋地说："那地方我熟悉，我就在你家对面的云门寺（大队）插队。"于是，我们一下子拉近了距离，拉近了年龄的差距，有了共同的话题。

这位男青年就是《连云港文学》的编辑张文宝，也是一位青年作家。从那时起，他成了我亦师亦友的兄长，在人生与文学的道路上，给予了我太多的扶持和关照。

张文宝看了看我带来的两篇稿件，一篇是《哦，蟹脐河》，一篇是《二春相亲记》。他说："哦，看来你写的都是家乡的事，是你熟悉的生活，这个路子不错。"接着，他嘱咐我，以后投稿，要誊写在方格稿纸上，这样编辑看得清楚，也方便计算字数。

再接着，我们聊起了我的家乡蟹脐沟，聊起了那片长满海缨菜的大河滩，聊起了运盐河、排淡河，聊起了虎口岭、子午亭，聊起了他的知青生活，聊起了他的知青同学——插队在我们黄崖大队的大雷小雷姐妹……当然，也聊起了我们喜欢的作家沈从文、汪曾祺、刘绍棠……

过了两三个月，我在南通的学校里收到了张文宝的一封信。他说两篇稿子都认真看了，《二春相亲记》决定留用，《哦，蟹脐河》这篇基础很好，但篇幅较长，有些松散，可修改精练，再寄过去。接信后，我很快对稿子作了些修改，并工工整整地抄写在稿纸上。不过，就在准备寄走的时候，我突然改变了想法。我想既然《二春相亲记》已经留用了，我再把稿子寄过去，不是给张编辑添麻烦嘛。于是，我将修改过的《哦，蟹脐河》转投给南通市文联主办的《紫琅》（后改名为《三角洲》）杂志。

转眼到了当年 5 月，《紫琅》文学双月刊 1984 年第 3 期头条发表了一万多字的小说《哦，蟹脐河》，并附以短评："作为一个初学创作的青年作者的处女作，能有现在这样的基础和起点，是令人高兴的。"等到 7 月份，我毕业回到连云港，拿到第 3 期《连云港文学》（当时是季刊），看到发表了我的小说《雨后青山》，我当时心头一热，这个名字改得好！《二春相亲记》太直白了，《雨后青山》有诗意，有画面感。

张文宝得知《哦，蟹脐河》已在《紫琅》杂志发表，略有遗憾，他说这篇稿子如果不让你修改，我们本来也可以发表的。让你改好后，还寄给我呀。不过这样也好。连云港的作家就应该走出去，多在外面发表作品，外面的世界很大。

文宝兄的这些话我至今记忆犹新，也一直在提醒我，要走出去，外面的世界很大！

多年以后，张文宝已是江苏省作家协会的副主席。有一次，我随他到徐圩新区采访，准备写一篇报告文学。我们忆起当年第一次见面时的情形，又一次说起他的知青生活，说起云门寺、蟹脐沟、运盐河，说起他在大河滩养鸭子的经历。他说，建军，我们找个时间，一起到你老家、到我下放的地方走一走，说不定会触动灵感，会有意外的收获！

这一说，又过去若干年了，我们却一直没有成行。

我们还等什么呢？

寒夜，那旺旺的炉火

1986 年的某一天，我骑车经过海连路与海昌路十字路口，看见张文宝在我前面也骑着车往南去。他边上还有个骑车的青年，两人正说着话。我紧踩了几脚，追上了他们。张文宝这才看到我，笑道："建军，真是巧啊，正好给你介绍个人认识认识。"

张文宝介绍的这个人，就是在他边上骑车的青年，名叫李惊涛，是个英俊清秀的白面书生，刚从北京调到连云港，也在《连云港文学》当编辑。

那时，市文联已经在海昌南路 17 号院内办公。张文宝刚介绍完，我跟李惊涛点头致意，三人就已经骑到了文联院门口。可能是我有事要忙，我们挥手道别，他俩拐进院子，我继续向南。这是我与李惊涛第一次匆匆见面，各自留下的印象并不深。

不过，就从那次见面以后，我与李惊涛的交往越来越多，甚至超过了早两年认识的张文宝。因为不久后，张文宝与编辑部的一位女编辑纪君一起到西北大学作家班读书去了；西北大学作家班毕业后，他又去了北京的鲁迅文学院。唉，我又不能追到西安和北京找他聊天。

李惊涛长我五岁，从赣榆县中学考入北京师范大学中文系，毕业后留校任教。从首都北京的顶尖学府调回家乡小城工作，都说他是为了爱情（婚姻家庭），许多人很是佩服又为他感到惋惜。而我们一帮文学青年却暗自感到庆幸，庆幸我们有了一位出类拔萃、才华横溢的领头人。

在此后的若干年里，李惊涛家和他所在的《连云港文学》编辑部，成了我抬脚就去的地方。特别是他家住在扁担河边时，那老式的二层小楼，前厅后面有一小间，支了一个带烟管子的煤炉，还有一张木质的长沙发。记得许多个夜晚，尤其是寒夜，那炉火烧得旺旺的，炉子上咕嘟着茶水，还会有一盘炒花生或葵花籽摆在茶几上。我们坐在那张长沙发上，有聊不完的话题。当然，我更多的是倾听，倾听他对中外文坛精准而生动的评介，关于契诃夫、莫泊桑、欧亨利、海明威，关于博尔赫斯、马尔克斯、纳博科夫、卡夫卡、卡佛，关于莫言、余华、苏童、格非、叶兆言、孙甘露……有时，正聊得起劲，深更半夜的，门被推开，进来一个人，哦，是张亦辉，或是陈武、谷毅、戴咏寒、郝立富、孙夜……多了个人，那气氛就更热烈，用热火朝天这个词也不过分，时间肯定延续至下半夜。

我那时已在《北京文学》发表小说《狐狸谷》，在风头正劲的《青春》杂志发表短篇头题《寻访记忆》，但后来在相当长的时间里拿不出像样的东西。李惊涛为我把脉，为我鼓劲，并寄予希望，陆续编发了我的小说《篰上的秋天》《该死的盐》《最后一个伏天》《下乡纪事》《随风飘去》等。其中，《随风飘去》获首届连云港文学奖。

我并没有如惊涛兄所期待的那样，在文学的道路上一鼓作气一路前行。1992年，邓小平南方谈话后，正在海州区某街道办事处做扶贫队员的我，随着几个小老板去了趟深圳、海南，心就野了，回来后就从市级机关"扑通跳下海"，领办经济实体，笔荒了四五年。直到1997年冬天，我才拿起笔，写了几个中短篇小说，分别在《雨花》《青春》《金山》《三角洲》和《连云港文学》发表。中篇小说《求学记》有幸与储福金老师的小说《与我同行》在1998年第3期《连云港文学》"江苏青年作家小说联手展"上一同亮相。

接下来，又是整整十年，我一头扎进纪实文学（特稿）的写作，在《知音》《家庭》《中国青年》《羊城晚报》《华西都市报》等全国二百余家报纸杂志发表数百万字，也算赚了数额不菲的稿酬，但离文学的梦想似乎越来越远。

2009年5月，我和陈武相约，专门去了一趟杭州，去见李惊涛和张亦辉。当了多年连云港电视台台长的李惊涛已在两年前调入位于杭州的中国计量大学，重执教鞭。这次相聚，我们不约而同地忆起当年在惊涛家里彻夜叙谈的美妙时光，忆起那些狂热追逐文学之梦的燃情岁月。我仿佛一下子惊醒：这些年，我到底在忙什么？我离真正的文学是不是越来越远？文学这条路，我应该怎样走下去？

惊醒之后，便有了些行动。几年后，李惊涛在《在现实风情中开掘人性渊薮》一文里写道：

时间仿佛以跳跃的方式进入二十一世纪，这是针对作为作家的李建军而言。近年来，他的中短篇小说集《亲爱人间》、报告文学集《爱的风景》、散文集《一路走来》陆续出版；《借粮》《进步》先是入选卢翎博士遴选的《2014中国微型小说年选》（花城版），后又入选中国小说学会和《名作欣赏》杂志联合选编的《2014年小小说选粹》；《小村风流》《养狗记》等数十篇小说散文，在《四川文学》《短篇小说》《扬子晚报》等报刊发表；散文集《一路走来》更是获得了第二届花果山文学奖。

列举李建军这些新的文学成果，想要传递的是一个实力派作家在小说文坛复出的信息，意味着生活粗粝的风刀霜剑不但未能削平他执念于文学的意志，相反，还为他的创作积蓄开拓了更多的矿藏。……李建军以纪实作品桥接了自己的文

学创作，使他的小说新作的问世，变得特别值得
期待……

惊涛兄这是一直在关心关注关爱着我呀！我唯有写出几
篇像样的作品，才对得起他的真诚期望。

换一种活法

在我看来，刘晶林是一个特别聪明特别有才华的人。

我与他相识，是在 1986 年前后。他刚从部队转业到市文联，在《连云港文学》做编辑。记得当时我正参加南师大汉语言文学专业的自学考试，仅用了一年时间，就通过了七八门课程。在自考办召开的一次会议上，我与之前已认识的刘晶林不期而遇，相谈甚欢。刘晶林夸我不耽误上班，一年能考过七八门课程，非常了得。我不以为然：这不算什么，应付各种考试，那是咱的强项！

晶林兄长我 13 岁，年龄差距这么大，但在与他的交往中，我浑然不觉，没有任何障碍。实际上，随着与他的交往越来越密切，他的聪明和才华让我愈加佩服。

刘晶林是个多面手，诗歌、散文、小说、报告文学等多种文学门类，他都写得好，出手不凡；在摄影、绘画方面，也颇有造诣。早在20世纪70年代，他就在《解放军文艺》等刊物发表诗歌，成为很有影响的军旅诗人。1999年，他的短篇小说《住校生》获得江苏《少年文艺》年度优秀小说奖，并获得首届紫金山文学奖。此后，他的报告文学、纪实文学、电视艺术片更是屡屡得奖。2018年，他创作的反映全国时代楷模王继才夫妇坚守孤岛、为国戍边事迹的长篇报告文学《海魂，两个人的哨所与一座小岛》由江苏凤凰文艺出版社出版发行，引起强烈反响，好评如潮，荣获江苏省精神文明建设"五个一工程"奖。

作为一名编辑，刘晶林是一位伯乐，非常"识货"。记得1986年，连云港矿专年轻教师张亦辉写了中篇处女作《螺峰的故事》，我是第一个读者，看后拍案叫绝，当时我就建议他把稿子交给刘晶林。拿到稿子后，刘晶林也是赞不绝口，逢人便夸，并以最快速度编发在《连云港文学》头条。后来，刘磊的诗歌、画家张岚军的小说、陈庆港的摄影和纪实，也都是他慧眼识珠，经手编发，并强力推介，在《连云港文学》精彩亮相。

1991年第2期《连云港文学》头条发表了我的小说《下乡纪事》（责任编辑李惊涛），刘晶林点评。他写道："建军把自己的目光投向生活中实实在在的人。人是文学的主体，共产党由一个个具体的有血有肉的普普通通的人组成，这些人从本质意义上讲，最有可能展示人的真诚情感，体现人的美好心灵。这样一来，建军便拥有了一个供其发挥的文学想象和任笔驰骋的广阔领域……"后来,《下乡纪事》获《连云港文学》建党七十周年小说征文一等奖,并在全省报刊优秀作品评比中获奖。

我的人生经历中,有两次重要的选择也深受刘晶林的影响。1993年初,我刚从下派扶贫工作点回到市编办上班。晶林兄找到我,说市文联响应"南方谈话"精神,准备办一个公司,对外承包经营,他问我有没有兴趣。他说,我把周围的朋友都在头脑里滤了一遍,觉得建军你来承包比较合适。一则你是《连云港文学》的重点作者,跟文联上下都较熟悉;你又是机关干部,为人可靠。二则你脑子灵活,有一股闯劲;你下派扶贫期间,协助办事处主任分管工贸公司,管理企业应该有些经验。让晶林兄这么一激励,我真的觉得自己是"那块料"了,加之当时我刚下派回来,整天坐在办公室有些不习惯,脑袋瓜一热,就跑去跟单位领导汇报了自己想去领办企业的打算。此时机关干部离岗创业正热,领导很快批准了我的申请,并与我签订了相关协议。于是,我的一段不寻常的人生经历从此开启。

1998年,全球经济危机,公司经营不佳,关停转让后,我轻松了许多,寻思着换一种活法。正好这时候,晶林兄跟我说,他最近写了篇纪实文学,很快在大连《海燕》杂志发表,稿酬差不多赶上一个月的工资。他说,建军你也可以写,以你的文笔,写这个绝对没问题。不久,他采写的一篇纪实稿又在湖北《知音》杂志发表,不仅拿到了千字千元的稿费,后来还获得了杂志社月度奖和年度奖,拿了两三万元的奖金,并被安排到东南亚旅游。

　　晶林兄的纪实作品写作给了我很大的启发，从这一年开始，十多年时间，我以纪实特稿的写作为主业，走过了一段不同寻常也不失为快乐精彩的人生路。

制　酒

　　赵士祥，人称赵员外，居花果山飞泉村，家有茶园十几亩，擅制茶，亦擅制酒。家中楼房三层，四五百平方米，坛坛罐罐堆放不少，皆装自酿酒类。

　　我与士祥相识于20世纪80年代中期，那时，他在港城已有诗名。几年后，李惊涛撰文《霉干菜与野山椒》，力推客居港城的浙江才子张亦辉和他这个本土诗人，此文在本地文坛至今让人津津乐道。多年来，士祥远离喧闹，居乡野、饮山泉、观美景，人生豁达，文笔越发精粹。据说他家里各类征文比赛的获奖证书堆了一大摞，达一百二三十本。

　　诗文雅趣，这里按下不表，单说他的制酒轶事。

　　有一年暑天，已在杭州高校任教的惊涛放假回来，报社成章请客，邀陈武、士祥和我作陪。席间，士祥从包里掏出三个饮料瓶，说里面装的是自酿果酒，两瓶给惊涛带走，一瓶由席上众人分享。

众人喝了白酒，都想尝尝果酒的滋味。士祥将一瓶果酒分倒四份，给各人品尝。此酒呈玫瑰红色，纯净透明。众人抿尝之后，感觉醇味柔韧，绵甜悠长，皆赞。

士祥说，这酒是他用自家院子里长的樱桃酿造；酿制过程中，除了加入少量冰糖以提高酒精度，别无其他添加物，酒精度在十五至二十度，可放开量喝。我们说这一点也不够喝的呀。士祥抱歉道，樱桃酒酿得不多，这次也就给各位过过嘴，大家得空到我家去，至少有十几种自制酒类可供品尝，届时可真正开怀畅饮。众人想想也是，如今这樱桃多贵呀，几十块钱一斤买了尝个鲜，谁舍得拿来酿酒？

我心里惦记着士祥的美酒，想找个机会到他府上去品赏。但时日如白驹过隙，一晃过了两三年，竟没有如愿。记得有一次约了陈武一起去，车已经开到了花果山景区管委会附近，离士祥家也就里把路，但再朝里看，路上的车子已堵得溜溜满满。想必这节假日里，士祥家的家庭旅馆一定顾客盈门、生意兴隆，还是不打扰为好，于是又调转车头返回。

去年秋，诗人鲁克从北京回东海省亲，后几日，到市区会朋友。他与士祥交谊深厚，士祥家的乡村别墅客房众多，又紧靠景区，秋色宜人，空气清新，他尤喜下榻于此。赵员外之雅号，就是他叫出来的。众人一听，皆说贴切。虽说飞泉村离市区十多公里，但有员外驾驶摩托车纵横驰骋，各场宴请，他俩都准时赴约。

这一天，朋友们又一次聚到一起，有诗人老山泉（张成杰）、孔灏等。士祥带来三种自制酒助兴。一种是葡萄酒，一种是山楂酒，还有一种酒色呈微黄，是何物酿制，他秘而不宣。我喝了一小杯，感觉入口后有一股淡淡清香，顺滑绵柔，酒精度应在三十度左右。我猜想是青杏或杏梅酿制，也有人猜了山芋、苹果、山桃、柿子等，皆不对。

看来这群人里只有鲁克知道秘密，他说这是赵员外的独家专利产品，到底由何物酿造，大家尽可放宽了猜。于是众人来了兴趣，有猜木瓜、黄瓜、冬瓜、南瓜、烧瓜等，有猜莴苣、春笋、萝卜、荸荠、棒瓤子（玉米芯）等，但还是不对。

我想起少年时见过的一种酒，叫楝枣酒，是苦楝树的果实造的酒，不用尝，闻了就有一种恶苦之味。那个年代粮食匮乏，山芋干酿的酒都是奢侈品，以苦楝枣制酒解馋，当然不足为奇。我这时候提起楝枣酒，为的是刺激一下大家的想象。也就是说，可以用来制酒的"邪乎"东西多了去了，只怕你想象力跟不上。

鲁克笑道，当时老赵让我猜，你们说的这些，我大致也猜过，老赵说他多数做过试验，他家的酒坛里装了不少。不过大家都没有猜中，在座的诗人们，你们的想象力跑哪去了？

众人嘻嘻哈哈，皆说酒喝多了，头脑迟钝，怕是再猜也猜不中，大伙等不及了，快公布谜底吧。

鲁克问士祥：员外，你说，这谜底公不公开？

士祥眯眯带笑且充满自信道：但说无妨。

于是揭了谜底：茶！这酒由赵家自产的花果山云雾茶酿制，是谓茶酒！

炒　面

那年农历六月，天气大热，在北京与陈武兄小聚。两人聊得投机，不觉到了半夜，就在他的住处过了一宿。第二天一早，陈武神秘地说，早餐我请你吃样稀罕东西。我很好奇，什么稀罕东西，还神神秘秘的？

陈武笑而不答，拉开床头边的一个小橱，从里面拿出两个罐子，一个是瓷的，一个是铁皮茶叶罐。这时才笑眯眯地说，打开看看。

我把瓷罐的盖子一揭，顿时闻到一股异香；再一看，还真是多年未见的稀罕东西：炒面！

我笑了，这不是炒面嘛，是有些年头没吃了。你在北京，怎么会有这个？

陈武得意地说，这是半个月前他在小区附近的一家小店里加工的。那天，他散步时无意中走进这家小店，店主加工炒面时散发的香味让他为之一振，待他弄清炒面还可以通过机器加工之后，便毫不犹豫地让店主帮他加工了几斤。刚才瓷罐里的炒面，就是那天加工的，属于比较传统的那种小麦炒面。后来，根据店主的推荐，他又要了一种混合性炒面，原料包括荞麦、黄豆、黑豆、花生、芝麻，甚至还有核桃仁和枸杞子——在我看来，这样的炒面已经是奢侈品了。

陈武说，两样你都尝尝，立等可取。

我笑道，奢侈品就不尝了，你留着慢慢享用吧，就给我来碗那种纯的炒面。

陈武拿来碗筷，我自己动手，从瓷罐里舀了几勺，加糖，一边冲开水一边搅和，一碗香喷喷的炒面就做好了。

这炒面吃到嘴里，细糯香甜，温软可口，还真是从前的滋味。

陈武也和了一碗。我们边吃边聊，不由勾起许多往昔的记忆。

我们小时候，平时是吃不到炒面的，只有在农历六月六这一天，才家家户户吃炒面。这一天，是童年里弥漫着香甜气息的节日。

把"吃炒面"视为节日，当然与那个年代物质匮乏有关。但六月六，正是夏收大忙过后、新麦上桌的时节，农家忙乎了一季，炒上一大锅新麦面，庆祝丰收的喜悦，自我犒劳一番，也是理所应当。这节日的由来，大概与此有关吧。

也听老辈人讲过，这六月六吃炒面的风俗，源于一个古代的传说。那时候，家乡那一带年年闹洪水。人们为了对付洪灾去修堤筑坝，往往要离家多日，风餐露宿。盛夏季节，修坝的人带上馒头等干粮，放不了几天就馊了。有个叫善姑的女人就想出了吃炒面的办法，方便食用，又易于储存，解决了吃饭难的问题。

还有人说，当时，善姑的丈夫因为在河工上吃了馊饭，又吐又拉，好险丧命，善姑闻讯赶到，和了碗炒面，一勺勺喂给丈夫吃，丈夫的腹泻终于止住了，命也保住了。后来人们纷纷效仿，六月六吃炒面，既大饱口福，又祛除湿热，可保一夏天不拉肚子。

新麦收到家，磨成面粉，六月六一大早，我家必定要炒上一大锅。执掌大锅铲的是外婆，外公或母亲坐在矮凳上，朝灶底续柴火；火头不能太小，也不能太旺，用冬天搂回来的干松毛烧火最好。这种大草锅炒出来的炒面色泽金黄，麦香扑鼻。

这一大锅炒面，全家人可美美地早上吃一顿，中晌吃一顿。剩下一些，外婆用布袋装好，扎紧，偶尔会拿出来，放一点糖和猪油，和一小碗给我接晌、解馋，那可是童年时难得的点心啊。

陈武说，他家是个大家庭，孩子多，炒一锅不够，得炒两锅。第一锅是给孩子们吃的，纯麦面；第二锅是大人吃的，会掺些麦麸或荞麦面，吃起来有些"渣渣"的，自然没有纯麦面好吃。大家大口，日子过得紧巴，得精打细算、细水长流啊。

除了吃炒面，六月六这天还有个说法，叫"晒衣节"或"晒伏"。民谚云，"六月六，人晒衣裳龙晒袍"，"六月六，家家晒红绿"。据说这是一年中太阳最猛的日子，红红绿绿的衣服被褥、丝绸棉布经过暴晒，一年到头不被虫蛀；家中储藏的稻谷、麦子、豆子等，"晒伏"后就不会返潮发霉；在古代，连皇帝的龙袍、皇宫内的銮驾，这一天也要拿出来晒一晒。

如今，六月六的习俗已经被大多数人遗忘。谁还在乎一碗炒面？谁还专等那一天去晒衣裳？

陈武说，两年前，他倒是过了一次"炒面节"。那天，他突然接到老母亲的一个电话。年已八旬的老母吞吞吐吐地说，小三，我做错了一件事……陈武疑惑道，老妈，做错了什么事呀？母亲说，今天是六月六，我炒了点炒面，人老了，不中用，连炒面都炒煳了……陈武一听笑了，我当什么错事，炒面煳了好吃呀，我去吃，我喜欢吃！

讲到这里，我看到陈武的眼里分明闪着泪花。看来，一碗炒面，让他想念远在家乡的老母亲了。

关于名字

我这个名字是大伯起的。

父亲兄弟姊妹七个，大伯是这个大家庭里说一不二的权威。

父亲在兄弟中排行老四，上面有三个哥哥、两个姐姐，下面有个弟弟，也就是我小叔。父亲年幼的时候，爷爷患了急症，无钱医治，三十多岁就去世了。当时我小叔还在奶奶的肚子里，爷爷去世几天后，小叔才出生。

爷爷没了，大伯自然成了这个家的领头人。

大伯十几岁就加入了共产党，后来成了赫赫有名的锦屏山武工队的分队长。新中国成立后，他在城里的武装部工作，便把一大家人带进城，又把四个弟弟全部送到中国人民解放军这个大熔炉里锻炼成长。

后来，我们这一代人出生了，堂兄弟一共十人。起名字这样的大事，当然由我大伯做主。于是，大伯怀着他那浓浓的军人情结，给我们这辈人依次命名。他自家的大儿子，也是我们这辈人的老大，起名"大兵"，接着是三伯家的老大、二伯家的老大，"二兵""三兵"，排了下来。到了大伯家的二儿子，可能是觉得"四兵"听起来像"士兵"，怎么能一辈子当士兵呢？就换成"小军"。接下来，便是十个堂兄弟中排行第五的我，"五兵"这名字也不太好听，叫"建军"吧。再接下来，我二伯家的二儿子出生了，"六兵"乍听还以为"溜冰"，不好，干脆叫"卫兵"。再继续，三伯家生了二儿子，也不叫"七兵"，叫"利军"。

至此，吾辈十个堂兄弟，前七位的名字都跟"兵""军"靠上了。到了后三位起名时，听说大伯还想延续，但遭到我大妈的强烈反对，这才终于偏离"军兵"序列。不过小叔家的大儿子小强，排行老九，高中毕业后光荣入伍，成了真正的"大兵"。

我成年后，被别人问得较多的一个问题是："你是不是八一建军节那天出生的？"我说不是。别人跟着问："那你的名字咋叫建军呢？"我笑笑："建军这名字太多了，是那个时代的产物吧。"

20世纪50年代至70年代生人，叫"建军"这个名字的，确实很多。在我生活的这座城市，我面对面碰到的与我同名同姓者，至少有一个班，其中一位是我好友的哥哥，还有一位是个女性。

　　有次开会，见到一位老教师，她退休后迷上了摄影和写作。头一回见面，她就告诉我，她的女婿跟我一样的名字，在市中医院工作。我听了直点头，说久仰久仰，这个"李建军"恐怕是全市名头最大的李建军了，既是名医又是领导，闻者皆竖大拇指。我说我跟着沾光了。

　　我十几岁时，爱上了文学，看到许多大作家都有笔名，发表第一篇小说时，就给自己起了个笔名"碧剑"。那年十九岁，早恋，"碧"取自我初恋女友名字的中间一字。1986年8月，我有幸与莫言、陈忠实、胡发云等名家在《北京文学》同期发表了一篇小说《狐狸谷》，用的也是这个笔名。

　　后来有段时间，流行武侠小说，金庸有部名著，叫《碧血剑》。有朋友对我说，"碧剑"这个笔名，像是写武侠小说的。我一听，再瞅这笔名，确实有些武侠之气，而我却无半点武功，底气不足，于是不再使用。

　　1993年，我从机关"下海"，领办"经济实体"，一晃数年，直到20世纪末那两年，才拾起笔来写了几篇小说。署名的时候，我忽然想起远在吉林的好友郝炜，他每次写我的名字，都写成"李健军"。我记得提醒过他，他笑眯眯地应着，过后不知是忘了，还是写顺手了，一切照旧。他的小说写得好，字也写得俊秀，让我记忆深刻。此"李健军"与彼"李建军"只多个站人偏旁，却似乎气质儒雅了许多。好，就是它了！这几篇小说发表时的署名就都用了"李健军"。

　　此后，以谋生为目的，写纪实特稿七八年，在一二百家杂志报纸发表，有署实名的，更多的是用笔名，有"文健""阿建""连剑"等。好友张亦辉不吝笔墨，曾给当地报纸写了篇短文鼓吹道：翻开街头报刊亭里的流行杂志，总能与"文健"这个名字迎面相遇……

又有次开会，碰到市文联一位老领导，问我："建军你改写评论了？我在《文艺报》上看到不少李建军的评论文章，是你写的吗？"我脸面大窘，连忙摆手："我哪有那么高的水平，那是人家北京的评论家李建军写的。"

几年前我跟风开了个博客，不久就有几位作者发来纸条：很喜欢李老师的评论文章，我发表在某某杂志上的某某文章，敬请老师关注。

我知道他们搞错了，连忙回个纸条予以纠正：呵呵，我不是那个评论家李建军。

接着，我仿照好友陈武的做法，在博客名前边加上"江苏"二字。据说陈武也碰到过类似的误会，邻市有个作家，也叫陈武，比他年轻，有时到省作协开会碰到一起，只能以老陈武、小陈武区分。为防混淆，他的博客名就叫"连云港陈武"，比我还谦虚，圈的范围还要小些。他家居住的那条街道叫河南庄，我打趣道，你干脆把博客名改叫"河南庄陈武"，他连连叫好，后又一想，不妥，现代人天天忙得像陀螺似的，一不在意看成"河南省"了，岂不有欺诈之嫌疑？

但即使加上"江苏"二字，仍有博友在我的博文后面发帖：问候李老师，很喜欢你的评论！碰到这种情况，我也只好装聋作哑。我总不能回复他们：你们说的是中国社科院的李老师吧？请看清楚了发帖！

这也太不友好了吧。

这种误会多了，心里毕竟有些小小的苦恼。某天，好友何正坤对我说，改个名字吧，说不定时来运转。我支吾一阵说，你帮我测算测算，改个什么名字好？何正坤曾与一位据说是"风水大师"的人同事过两年，在"大师"那里学了一招测算姓名的技法，将自己的名字改叫何尤之，短短几年里，发表了上百万字的小说、散文作品。看来，他改名字改出甜头了。

何老弟帮我掐指一算，说你现在这个名字还是不错的，但并非最好一类，如若改动，你想怎么改？我说都这一把年纪了，别人叫我这名字都叫顺口了，要改也得改成同音不同字的。他又掐算一阵，说，改成"李健君"吧，这个名字大吉。我说这个名字我早也想过了，以前有个大作家叫叶君健，颠倒了一下，看上去确实挺高级。只是君主这个"君"字，恐怕担不起呀。

这一说过了不久，何老弟告诉我一件事。某杂志社给他寄了千把块钱稿费，写了何尤之收，他身份证上的名字仍是何正坤，拿着汇款单到邮局，人家当然不让取，开了个单位证明也不行，稿费只好退了回去。后来他正好出差到省城，专门去了趟杂志社，才从财务人员手里拿到这笔稿费。

我一听，这事我以前还真碰到过几次，但那时人家管得松些，开个证明也就取到钱了。可这往后要是改了名字，碰上这类事情，岂不是给自己找麻烦嘛。

想想自己这名字用了四十多年了，有句俗话，没有功劳也有苦劳；如若改个名字，从头再来，心里实有不甘。干脆，就这么着吧，不改了!

一路走来
——《爱的风景》后记

　　1965 年冬天，我出生在黄海之滨、北云台山下一个小村。这个村子有个奇怪的名字，叫蟹脐沟。十九岁那年，我在南通一所中专学校读书，以这村名为题，写了篇小说，在南通文联主办的《紫琅》杂志上头条发表。从此，我与文学结下了不解之缘。

　　就在这一年，我中专毕业，回到家乡连云港，分配到港务处工作。我在学校里学的是港口机械专业，到港务处上班，也算是专业对口，但领导见我发表过小说，能写写画画，没有把我安排到技术部门，而让我做了工会和团委的干事。

　　几个月后，交通局组织编写交通史，从基层抽调人员，十九岁的我，被委以重任，做了《连云港市交通史》的主编。

应该说，那是一个适合文学青年飞翔的年代。

那时的我，青春年少，一面工作、学习，一面做着文学梦。短短两三年，我就在《北京文学》《雨花》《青春》等刊物发表小说十余万字，又拿到了省自学考试（南京师范大学）汉语言文学毕业文凭，由我执笔的市交通史还成了全省交通系统的范本，由南京大学出版社正式出版。

由于工作出色，加之当时交通系统的文科生寥寥无几，交通局对我颇为重视，把我从港务处调到航道处，任办公室秘书。没想到好事成双，就在这个时候，经一位长辈引荐，市公安局也决定调我去办公室做文字工作。局里的一把手亲自过目，政治处两位领导专门外调考察了我，并在市区一个派出所为我腾出一间单身宿舍。

我犹豫再三，放弃了去公安局的机会。因为此时我正准备结婚，要在公安系统解决住房问题是件困难的事，而那时的航道处是全系统乃至全市福利待遇非常好的事业单位，只要领了结婚证，我就可以分配到一套两室一厅的住房。

眼前利益迷住了我的眼睛，让我失去了一生中唯一一次当警察的机会。时至今日，那位引荐我的长辈——一个老公安还见一次面就埋怨我一次。不过，我也曾叩问自己：如果我真当了警察，会是一个好警察还是孬警察呢？

在航道处只工作了一年，又一个机会来了：经好友戴咏寒兄的推荐，市编办先借用，后正式调入，我成了人事编制部门的机关干部。

那几年，应该是我人生履历里特别顺畅的时段。也许就是因为太顺了，人会变得冲动而自满，变得好高骛远，所以，以后的一些不顺也就在所难免。

1992年，市编办（人事局）派我到海州区扶贫一年，在一个街道办事处任主任助理，分管街道企业，整天跟厂长、经理们混在一起。

但是，没过多久，也就是三四个月吧，我就跟这个"经济实体"的主管部门分管领导搞僵了。随后，一场官司折腾了几个月，双方不欢而散。再以后，我自办公司，开了舞厅、饭店、广告中心，钱也挣过不少，但没有聚财意识，更因我性格上的某些弱点，比如心太软，比如文人的虚荣……企业滋生了些许劣习，人浮于事，开支过大，挣的钱除了开工资、维持公司日常开销，基本上所剩无几，自己还落得身心疲惫。

1997年下半年，我实在不想在"商海"里继续折腾下去了，我知道自己的秉性不适合做一个商人，于是把公司关了，轿车和办公用房转让了，感觉浑身轻松了许多。

那年底，我又拿起笔，重温文学梦。我写了中篇小说《求学记》《糟糕的手机》，短篇小说《两个人的电影院》《乡村角色》等，在《雨花》《青春》等刊物上发表，得到了文友们的肯定。但此时的我因为公司关门，仅靠发表几篇小说的稿费是难以生存的。当时的首要任务是挣钱养家。

这时候，好友刘晶林兄启发了我。他的几篇纪实文学在湖北的《知音》杂志发表，还得了个奖，稿酬加奖金拿了好几万元！他说，建军，这个事情你可以做。听了这话，我的冲动来了。是啊，这个事情我真的可以做。我需要挣钱养家，这样的文字我能够把握，我为什么不去写？

于是，此后将近十年时间，我陆续采写了数百篇纪实文稿，在《知音》《家庭》《中国青年》《民主与法制》《长江文艺》《人间》《参花》《海燕》《八小时以外》《华西都市报》《羊城晚报》等全国百余家报纸杂志上发表，并有数十篇文章被《青年文摘》《青年博览》《报刊文摘》等报刊选载，稿费收入相当可观。这时，我的心境较之前几年变得平和了许多。我还注册了一个小公司，做了些广告业务，也顺顺当当、不温不火地干了七八年。

写了这些年的纪实文学，让我摆脱了经济上的困境，找到了自信，也让我结识了这一行里许多敬业的报刊编辑，结识了许多勤奋的撰稿人。对那些发表我文字的报刊，我永远心存感激！

我在一篇博客里这样写到：有这么几年，为了生计，写了不少纪实"特稿"。回过头看看，以"歪瓜裂枣"居多，好歹选了几十篇，打算做成集子。这些文章均在国内一些发行量较高的情感、法制类杂志上发表过，没少为我挣稿费，把这些散落各处的文章凑到一起，结集出版，也算了却一桩心愿。

因为这桩心愿，因为想把这十年做个小结，也因为李惊涛、张文宝、陈武、张亦辉诸兄的鼓励，所以有了这个集子。

旅途随想

2009 年 5 月 29 日

今天的杭州之行要从前天说起。

前天中午，鲁克从北京回来，赵士祥在万润商业街附近一家川菜馆设了饭局，邀我去作陪。鲁克是东海人，原名文咏，写诗，在乡信用社工作，1997 年辞职去南京，在一家诗歌杂志做编辑，后举家漂到北京。我是 2005 年左右在"中国特稿论坛"与他联系的，在论坛里有过交流，也通过几次电话。2007 年前后，他在中国特稿界声名鹊起，堪称"特稿第一人"，据说一年稿费及奖金收入达六十万元，在环京燕郊买了套一百八十平方米的豪宅，是连云港走出去的一个奇才。

因为都是写诗的，鲁克跟士祥、孔灏、张成杰等早就是朋友。这次回连云港，他跟士祥说要见见我，士祥自然就把我找了去。我写纪实文稿七八年，一直不温不火，特稿圈子也有些朋友，与鲁克虽未谋面，但是神交已久，这次他回到家乡，我当然要尽地主之谊。

鲁克善饮，我在酒桌上素来不会耍滑，陪他喝了满满两大杯，大约有七两酒，当时就有些醉了。

也就在喝下一杯酒后，接到颜廷君从上海打来的电话，说他月底要到杭州讲两天课，邀我和陈武到杭州去玩。他说跟陈武联系过了，陈武已答应。此时，我已有几分醉意，加之房间里声音嘈杂，便含含糊糊地应允下来。

昨天中午，孔灏在海州宴请鲁克，我又作陪。晚上，由我做东，在新浦海昌南路的一家"家常菜馆"请鲁克等人再聚。

酒店不大，仅有的一个大包间坐了十三四个人，大多是与鲁克相熟的诗人。这两天已在一起聚了几场，到了这时，战斗力已明显下降，但气氛还算热烈。酒喝了，心意到了，鲁克这边就不用陪了，心里便想着去杭州的事。

今天上午八点多钟，廷君的电话就到了。他说陈武已把中午去杭州的火车票买好了，问我跟陈武联系了没有。我说还没有，但既然陈武决定去了，我先跟他联系一下，再给你回话。

放下廷君的电话，我立马打陈武的电话。陈武在家里，说火车票并没有买好（看来廷君用了个激将法），到杭州的火车也不是中午的，而是下午三四点钟。他说我如果没有什么事的话，不妨一起去杭州玩玩；当然，如果我不去的话，他也不打算去了。

我跟陈武早就提议过，有机会的话，一起去趟杭州，见见张亦辉和李惊涛。现在就是个机会，廷君在杭州讲课，可以为我们提供住处。他还从上海带车到杭州，在杭州活动时用车就会便利许多。这么好的条件，此番不去，更待何时？

因为有惊涛、亦辉在那里，杭州在我心里的意义早已非同一般。这一次能和陈武一起，同时去见惊涛、亦辉、廷君诸兄，这样的旅程实在是充满了诱惑！

上网查了查车次，连云港开往杭州的 K8358 次列车从连云港站发车的时间是下午五点四十一分。我和陈武约定，下午四点动身去车站。因为要到车站直接购票，时间放得宽裕些。

简单整理一下行李，带了几个粽子路上吃，还带了一本格非的《塞壬的歌声》和一本刘晶林的长篇报告文学《遍地阳光遍地金》。格非这本书是几年前买的，看过几篇，大多数还没有看；晶林的这本书是他昨天吃饭时带给我的，已看了一小半，觉得写得大气，主人公是山东一个转业军人，短短六年时间，他的资产从三十万元变成了数十亿元，是个创业奇才。文字和故事都不错，这样的报告文学很难得。这方面晶林值得我好好学习。

下午四点钟出门，打的带陈武一起到火车站。买了到杭州的票，看时间尚早，陈武提议去吃点饭，晚上在车上就不用再吃了。于是到车站东边一家小酒馆，陈武点了两个菜，一盘青辣炒白虾，一盘青菜豆腐，一人一瓶啤酒，吃得舒服。

上车后，我和陈武对面而坐，跟他说起最近看的《收获》第3期张欣的长篇小说《对面是何人》。这个小说里面就有个传奇故事，女主人公如一中了个头彩，税后奖金是一千三百万。这是这篇小说的核心，整个小说就是围绕这个中奖传奇展开的。小说写得很精彩，我在去北京的火车上一口气就读完了。张欣是我喜欢的女作家之一。她的小说文字好，又有故事，甚至是传奇，很好读，耳熟能详的就有《深喉》《浮华背后》《锁春记》等，有几部还拍成了电视剧。《对面是何人》，这个名字起得好啊！我指指陈武，又指指自己，我们现在就坐在对方对面。对面是何人？我们会意一笑。

我和陈武认识二十多年了。最早的那次见面是在市工商局楼上，大约在1987年秋冬季节。那时陈武和王鄙珊都在工商局的个体协会，编《个体劳动报》。我跟鄙珊已经认识，我们在《连云港文学》上同一期发过小说，我的那篇叫《墙鬼》，鄙珊那篇叫《冯家婆》。记得当时读鄙珊这篇小说，还以为他是江西或者湖南那一带人，小说中弥漫着那一带特有的味道，文字雕琢得精巧优美，没想到他却是本市灌云县人。鄙珊向我介绍了陈武，说他经常在《新华日报》副刊上发表散文和短小说。

这之后，我便经常和陈武、鄙珊在一起玩，还有咏寒。那时，我们生活得都较寒碜，我和咏寒因为有正式工作，似乎好些；陈武和鄙珊的身份还是农民，但他俩有《个体报》作为阵地，有权开些稿费，而且这两人都极慷慨，似乎吃了这顿就不管下顿，所以在一起玩时，他俩请客居多。当然那时的一顿小酒也就二十块钱足矣。陈武和酈珊比我们结婚要早些，他们租住的房子在后河底一带，都很简陋，但并不妨碍我们隔三岔五地去他们那里蹭饭吃。

那几年或许是我人生中最快乐的时光。我 1984 年从南通河运学校毕业，先是分配在市港务处工作，才干了几个月，就被借用到交通局编史办担任《连云港交通史》主编。在全省十一个地级市交通史主编中，我是最年轻的。省交通厅编史办一位负责人透露出想调我去南京的意思，被我委婉谢绝了。这件事第一次暴露出我的目光短浅。那一阵子，好听的话听了不少，鲜花和掌声让我有些飘飘然。我也还算争气，只用了一年多时间，就拿到了省自学考试（南京师范大学）汉语言文学专业的大专文凭，这在当时算是件很不容易的事情。紧接着，我又进入省委党校首届对外经济专业本科班学习。"对外经济"，在 20 世纪八九十年代，是多么时髦的专业啊！

1986 年，我在《北京文学》发表短篇小说《狐狸谷》，成了我写作生涯一个小小的高峰。经市文联姜威副主席推荐，我参加了江苏省作协首届青年作家读书班，有幸与无锡的徐朝夫，南通的曹剑、蒋琏、李惠新，徐州的刘本夫、丁可，镇江的王川、蔡再生，南京的王心丽、范泓等成为同班学友。我们还由省作协领导海笑带队，乘长航客轮溯江而上，经湖北枝城转火车到达湘西的大庸（今张家界市）和吉首，饱览了那里的美丽风光。

　　这几年，我也结识了我一生中最知己的朋友。比如惊涛、文宝、晶林、咏寒，比如亦辉、郝炜、刘放，比如陈武、廷君、鄹珊……尽管他们都可以做我的老师，但我更觉得他们是我的兄长、我的知心朋友，我和他们的友情已经深入骨髓！2001年冬天，我到吉林看望郝炜，他是1988年离开连云港的，我们十三年未见，但见面后那种感觉，就像我们从没有分开过；十三年前的一切，仿佛就发生在昨天！

　　然而，到了1992年下半年以后，我和诸位文友的来往明显少了。这是因为我人生的车轮跑偏了一段路途。当时下海经商是一种时髦，某单位给我个名义，让我挂靠在下面办个小公司，给他们每年上交两万元管理费，搞搞福利。虽然条件比较苛刻，但那时的我年轻气盛，跃跃欲试，幻想着能搞出点大名堂，于是欣然接受。

　　我到某单位办公司，与一位要好的文友有关，这位兄长当时也是诚心实意地引荐了我。我们谁也没有料到，这件事从此改变了我的人生。

　　公司成立之初，从某单位借的一万元钱迟迟没有到位，公司注册、租房子、买办公设施都是我自掏腰包。记得那时候装一部电话都要三千多块钱，我把家底儿全都搭上去了，公司总算开张营业。我踌躇满志，干得也很顺手。我在曾经工作过的单位——市航道处办公楼一楼租了五六间办公室，招聘了十多名员工，主营当时还比较冷门的广告业务。到1993年3月份，短短三个月时间，公司的银行账户上，竟然有了十多万元的营业收入。

这时候，某单位的分管领导找到我，说为了加强对我公司的领导，某单位成立了一个公司董事会，由该领导任董事长，某单位另一工作人员及一位我闻所未闻、八竿子都打不着的某福利厂厂长任副董事长，由我任董事兼总经理，公司实行董事会领导下的总经理负责制，动用五百元以上资金均需董事长签字。另外，该领导要我腾出一间办公室，给他购置办公设备，方便他坐镇指挥。事实上，某单位的这一纸通知，等于把我这个总经理完全架空了。这个公司可是我承包的呀，连营业执照都是我跑下来的，为了开展业务，租用广告护栏，我筹款五六万元投了进去，怎么刚经营三个月，见我账上有了钱，他们就置承包协议于不顾，设立什么董事会，这不是"下山摘桃子"吗？

那时的我血气方刚，当然不会同意。分管领导便以主管部门名义封掉了我公司的银行账户，并找公司员工逐个谈话，让他们与我划清"界线"。公司经营活动被迫停止。我万般无奈，一纸诉状将该单位告上法庭。经过两个月的审理，市中级人民法院下达了民事裁定书，依法裁定公司仍由我个人负责经营。也就是说，这场官司，我赢了！

分管领导与我再也无法合作下去，于是提出"离婚"，也就是要公司与某单位脱钩。他说："我们两人都个性太强，合不到一起，看来只能'离婚'。"

这场纠纷前后折腾了三四个月，这期间，公司的业务基本停顿，一些骨干员工离职，公司可谓元气大伤。我将从某单位借的一万元钱如数归还，并上交了半年的管理费，自此，义无反顾地自己当起了"小老板"。

若干年后的今天，我和陈武说起这一段往事，我们不约而同地发出一声感叹："冲动是魔鬼！"我想那时的我真的有些过激，为什么不与分管领导多沟通沟通？为什么不能多让一步？或许忍一忍就会天开云散，或许那时候掉头回机关，如今又是另一番人生……

此后三四年，我一直忙于公司事务。就在我这个"小老板"忙得连滚带爬、疲于奔命，与文学、文友们渐行渐远之时，陈武兄在小说创作上的成绩开始突飞猛进，他在全国各地的文学期刊上频频亮相，在全省乃至全国的文学界有了一定的影响。

1997年下半年，我实在不想在"商海"里继续折腾下去，把公司关了，又回到朋友们中间。那时陈武已经被市文化局剧目工作室聘为专业编剧，经常到各地去观摩戏剧演出，让我羡慕不已。我动了念头，想成为他的同事。事情经过一番努力，已经有了些眉目，但最终没有成功。个中原因现在想一想，还是怪我自己，一口井没有挖到出水，就自己放弃了。不过话说回来，这种放弃是好事还是坏事，又能说得准吗？

在开往杭州的火车上，我和陈武聊起许多往事，不觉到了十一点钟，两人都有些困。这时列车已经过了蚌埠，陈武说到列车办公席去碰碰运气，说不定能买到卧铺票。我看时间已到半夜，熬一会天就亮了，再花一百多块钱补卧铺不值得，于是就跟他说，你要坚持不住，就去补张卧铺票，我看看书，熬一夜算了。陈武过去了一会儿，果然买到了卧铺票。

他休息去了，我却没了困意，把晶林兄的《遍地阳光遍地金》一口气看完了。晶林这本书的副标题叫"得与失：一个成功企业家的财富之路"。得与失，得与舍，这可是个哲学命题啊！晶林在这方面悟出了很多东西。

2009 年 5 月 30 日

连云港开往杭州的 K8358 次列车正点到达杭州的时间是早上七点二十左右，但我们乘坐的车九点半才到，晚点两个多小时。听列车员和一些乘客说，这是常态，这趟车如果不晚点一两个小时，才叫不正常哩。陈武说，这趟车应该叫"逢人配"，别的列车在它面前都是大爷，它都得低三下四地给人家让路。几次坐连云港到北京的车，也常晚点，不过要比这趟车好些。

昨天晚上，我和陈武由晚点的火车说到家乡的火车站。连云港火车站叫"新浦"站时，外地一些人到连云港市区，往往不明就里，一头扎到那时的终点站"连云港"。实际上那儿就是一个小镇——连云镇。我的几个编辑朋友，从外地来找我，都犯过这样的错误。害得人家只好打的从连云镇返回来，打的费花了五六十块，个个惊呼"连云港"这个城市真大！

一早上，廷君就打来电话，说今明两天在浙江大学管理学院讲课，派他的司机小崔在车站接我们，已经为我们安排好住处。我们说你尽管去讲课，我俩是闲人，不需要陪同，你忙正事要紧。下车后，我们很快就找到了小崔。小崔是个二十多岁的精干小伙子，赣榆人，听说是廷君的内侄女婿，给廷君开车两年多了。

我和廷君也是二十多年的朋友。我们最初是在《连云港文学》的一次笔会上见的面。那次笔会是在东海县城举办的，由廷君和他的表哥傅先生赞助，时间大约在 1986 年。那时候廷君在东海县电大任教，业余时间做些生意，好像已经是个"万元户"了。他是徐州教育学院的毕业生，和徐州丰沛一带的作家丁可、王洪震、周沛生是朋友。后来一段时间，因为他在东海县，跟我交往并不频繁。有时候他从东海过来，我们会在刘放家碰面，一起在刘放家啃羊肉骨头。

刘放，吉林省大安人，白城师院日语专业毕业，被我市淮海大学（现淮海工学院）引进过来当日语教师。当时他已成家，还没有孩子，住在新浦南小区"淮大"宿舍楼底楼一个一室一厅里。刘放的小说写得不错，那时已有文章在《丑小鸭》和《北方文学》上发表，一篇《水仙楼的爷孙们》被当时的市文联主席周维先看好。他性格豪爽，"狼性"十足，做事大大咧咧，经常出乎你的意料，朋友们戏称他是"来自北方的狼"。

刘放特别会烧鱼，我记得他会把鱼和肉放在一锅烧，还会在红烧鱼里放入苹果、西红柿等。吃他烧的鱼，的确别有风味。冬天，他在家里支了个火炕。坐在他家的火炕上啃羊骨头，吃红烧鱼，听他侃家乡往事，那美丽神秘的查干湖，那美味可口的大马哈鱼，至今让我神往。

我和廷君、刘放三人是个小圈子，相当投缘。廷君应该也是在那次笔会上认识刘放的，后来他只要到新浦，差不多都要跟我和刘放见个面。

1989年，我结婚后，住在市区青年路一幢楼房的七楼顶层。这套房子是航道处分配给我的，当时刚结婚的年轻人能分配到两室一厅的住房，算是很不错了。我住到青年路不久，廷君到我那里去过。我烧鱼的水平虽然赶不上刘放，但也算拿得出手，再做个牛肉烧大白菜，便和廷君小酌了一顿。过后有一段时间，廷君忽然没了踪影，直到一年后，他才满脸沧桑地出现在我面前。

原来，在过去的一年里，廷君遭遇了人生的一次重大变故，他的工作、生活，他的婚姻都发生了变故。那天，我们在一起谈了很多。我知道，我并不能给朋友多少帮助，但理解和倾听是对他精神上的最大支持，这对当时的廷君尤为重要。我同样知道，以廷君的性格和能力，他是不会消沉的，要不了多久，出现在我面前的必定还是一个生龙活虎的廷君。

果然，廷君的人生之路从此出现了一个拐点，他离开了电大的小讲台，走上了宏大壮阔的社会舞台。

不久，经刘放等人介绍，廷君在新开的墟沟海滨浴场经营起游艇业务，生意一度十分红火。后来，听说海滨浴场见这项业务利润可观，就将廷君他们一脚踢开，收回自营。廷君在海滨浴场赚了点钱，腰杆粗了，胆子也大了，就在东海黄川投资了一家米酒厂。酒厂的投资达三十多万元，其中一半是他自己挣的钱，还有一半是从亲朋好友处借贷的。酒厂所酿的酒太特别了。米酒，虽然好喝、养生，但在白酒盛行的苏北地区却不会有好命运。所以，廷君的酒厂最终是赊出去的酒太多，收回的钱却寥寥无几，等待他的只有关门破产的命运。一时间债主盈门，众叛亲离。廷君只好重操旧业，到连岛海滨浴场再次搞起游艇业务。其间，廷君与文学界朋友的友谊仍然很密切。听说张文宝就带过某省作家代表团到连岛游览，专门造访廷君。廷君以侠士形象出现，不仅亲自驾驶游艇带客人游玩，还用大盆海鲜招待宾客，大碗喝酒，高谈阔论。海风将他的脸膛吹得黑里透红，在酒精的刺激下显得愈加器宇不凡，以至于一位外省女作家对他一见倾心，痴迷良久。

在廷君搞游艇期间，我曾无意中让他难堪过，当时我明显感觉出他的不快。事情是这样的：1993年，市文联在连云区远洋宾馆开了个全市青年作者读书班。我因刚搞公司不久，虽没有全程参加，但和惊涛诸兄一起，相聚甚欢。我和惊涛等人第一次提出"弹冠相庆，俱各称老"之笑谈，第一次把惊涛唤作"李惊老"，把文宝唤作"张阁老"。一日，刘放把廷君带到会场，因当时不少人还不太熟悉廷君，我自恃与廷君最够哥们，于是向各位与会者介绍廷君为"颜艇长"——汽艇"艇长"。当时，我记得廷君的脸上流露出不易觉察的不悦。他很敏感，我也很敏感。他当时的境况不太好，很不如意，心理脆弱；而我，正是春风得意之时。我的一个无意中的调侃，不经意地刺伤了他。我当时就意识到了自己的鲁莽，我很后悔，想跟廷君解释，但又知道解释是多余的。我想，以廷君的大度，他会原谅我无意中对他的不敬。若干年后，我专门问过廷君，还记得那次在远洋宾馆的不愉快吗？他笑了笑，反问我：有这回事吗？我不记得了。

廷君是个有韧劲的人，永不服输。听说他在连岛海滨浴场经营汽艇业务时，与当地的小流氓发生了冲突。起因是小流氓们仗着自己有后台，欺负他们是外地人，先是白坐汽艇，后来发展到强收保护费。廷君和他的血气方刚的兄弟们忍无可忍，奋起反击，将当地的一帮小流氓打得落花流水。廷君他们出了一口恶气，但也为此付出了沉重代价，当地终止了与他们签订的三年协议，仅仅红火了大半年的生意只好从此收场。但廷君没有趴下，他迅速寻找商机，竟在很短的时间内凑钱买了条渔船，真的做起了船老大，扬帆南下，前往长江口捕捞鳗鱼苗。长江口风高浪急，捕鳗船成千上万，最后演变成一场惊心动魄的捕鳗大战。经历过这场恶战，廷君虽没有捞到"软黄金"，但他的体格变得愈加强壮，人生的经验愈加丰富。

实际上，20世纪90年代整整十年，我和廷君见面的机会并不多。他很忙，我也整天瞎忙，我们各自为生活奔波，"连滚带爬"（陈武有一部长篇小说的名字就叫《连滚带爬》）就是我们的生活状态。他的这些经历，是他后来断断续续告诉我的。大约到了2000年，突然有一天，我接到廷君从济南打来的电话，邀我和张亦辉到济南听他讲课。

面对朋友来自远方的召唤，我和亦辉欣然前往。在济南，我们看到了一个容光焕发、充满自信的廷君。他告诉我们，他此时的身份是山东省科协下属的某培训中心的主任及山东某大学的客座教授。他正在为来自山东全省的近百名科技干部讲课。而此前，他已经在山东的许多大企业和机关、学校开过课，一天的讲课费达数千元。我和亦辉混在科技干部们中间，听了廷君的半天讲座。讲台上的廷君神采飞扬、口若悬河，台下不时爆发赞许和激动的掌声。我和亦辉对廷君的成功甚感欣慰，觉得他已在山东站稳脚跟，有了名气，实属不易。但没想到廷君并没有对此感到满足，他跟我们说起一个更加宏大的计划，他要在近年内到上海或北京开公司，把他的课开到全国去！

果然，短短几年过去，廷君就在上海办起了自己的公司，他的授课更是在全国范围内受到追捧。打开百度搜索"颜廷君"三字，相关结果高达数万条。他的头衔和成果就不一一列举了，总之，廷君真的做大发了！

但廷君从没有忘记朋友们。每年春节回到老家，他总要和朋友们聚上一两次，大杯喝酒，大碗吃肉，一醉方休。这一次，廷君来到与他长期合作的浙江大学管理学院讲课，邀我到这人间天堂与朋友们小聚，我当然非常乐意。

中午，廷君讲课赶不回来，让司机小崔安排我们住在天目路的海外海·西溪宾馆。然后，小崔带我和陈武到附近一家名叫"大宅门"的饭店就餐。在这家颇有特色的饭店里，我们点了几个家常菜，都很爽口，还要了二斤白米酒，甜丝丝的，我喝了三分之二。

午饭后，陈武打电话给陈庆港，让他过来玩。我跟陈庆港接触不多，但他的大名如雷贯耳，对他的经历也略知一二。他原在连云港供电局工作，编过《大众用电报》。我在十年前的《连云港文学》上看过他的几组照片和关于西藏的长篇散文《挑战阿里》，照片照得好，文章也写得好。为了摄影，庆港走过全国最偏远最贫穷的地方，几次死里逃生。后来，他成了《苍梧晚报》的摄影记者，再后来，他从《苍梧晚报》辞职，应聘到《杭州日报》，如今已是该报的首席摄影记者。到了杭州以后的陈庆港，很快成为中国新闻摄影界的领军人物。2005年，他拍摄的《中国慰安妇》获首届国际新闻摄影大赛金奖；2007年，《灰度空间——抑郁症》获国际新闻摄影大赛金奖；就在最近，他在第一时间赶到汶川地震现场拍摄的《走出北川》，获得了第五十二届荷赛突发类新闻一等奖，这是中国人首次斩获此项殊荣。

　　大约下午三点，庆港敲门进屋。这个世界金奖获得者还是多年前的模样，一项旧帽子盖住一头乱发。我们一边闲聊，一边等廷君。过了一个多小时，廷君下课回来，带我们到杭州植物园内的玉泉茶苑喝茶、吃饭。请客的是浙大德语教授徐先生。徐教授是廷君的合作伙伴，浙江东阳人，言谈中得知，他是亦辉弟弟耀辉的同学，是留德海归。上桌的几个菜都是东阳土菜，其中一道砂锅土鸡味道特别，据说炖鸡时加一瓶黄酒，决不能加水。

　　饭后，庆港驾车带着我和陈武、廷君三人到西湖边看夜景。庆港的车是一辆二手凌志，虽有些老旧，但坐上去觉得宽敞舒适，就如一头雄狮，虽已老去，却余威犹存。

晚上九点，亦辉、李伟夫妇开车来宾馆。他们今天傍晚刚从临安游玩回来，这么晚还赶来看我们，我心里很感动。廷君让小崔出去买来啤酒和各种袋装小吃，我们一边吃酒一边叙旧，一直到半夜，亦辉夫妇才离开。

怀念郝炜

2014 年 3 月 19 日中午，突然接到好友何尤之的电话，他吞吞吐吐地说，你的好朋友郝炜出事了，生命垂危。他是在一个博客里看到的消息，让我也上网看一下。

我震惊，头脑里一片空白。因手提电脑放在办公室，便揪着心匆匆赶过去上网。打开尤之发过来的网址，是"沈阳秋泥"转"龙之心"的博文：告博友，吉林作家郝炜生命垂危！

2 月 25 日晚 8 时许，郝炜在回家途中，走在斑马线上，被一辆出租车撞倒。被救护车拉到医院后，一直昏迷不醒。至 3 月 10 日，病情急转，发生大面积脑梗，甚至侵入脑干，瞳孔已经有些放大，只能依靠呼吸机、注射蛋白维持生命。医生说，事情似乎不可逆转……

"龙之心"和"沈阳秋泥"发文祈祷，愿上天垂怜英才，助郝炜渡此难关！

看过博文，看着郝炜微笑慈和的照片，我的泪水不自觉地流出来，与他相处时的情形历历在目……

我和郝炜是 1986 年相识的。当时，连云港刚刚被国家批准为首批十四个沿海开放城市之一，向全国广纳贤才，郝炜就是这个时候被招贤，从东北名城吉林举家来到连云港的。他原是《江城日报》的记者，到连云港后，在市电台做编辑工作。

那年我刚二十出头，狂热地迷上了文学。郝炜长我八岁，已是一个小有名气的青年作家。在一个不大的城市里，我们很自然地聚到一起。也许是气味相投、今世有缘，我们很快成了胜似兄弟的好朋友。

我单身一人住在单位宿舍，离郝炜家的南小区住处不远。如果哪天不想在食堂吃饭，我就会去他家改善一下伙食。当然，那时候的伙食远没有如今这般丰富，好像粮票还在使用，但郝炜和嫂子老于（嫂子那时还不到三十岁，郝兄总喊她老于，我们也习以为常，想必这是他们夫妻间的爱称吧）却总能整出几个荤素上桌，让我清汤寡水的肠胃过一把瘾。

不久，在矿专任教的张亦辉也时常出现在郝家的饭桌上。一大盆菜蔬端上桌，蘸着他家自制的东北大酱，三兄弟总要喝上两杯，然后便漫无边际地扯谈。谈沈从文、汪曾祺、林斤澜，谈贾平凹、阿城、何立伟，谈马原、洪峰、残雪，谈余华的《十八岁出门远行》、苏童的《桑园留念》、格非的《迷舟》，还有孙甘露、杨争光、黄石、吕新……当然也会扯到海明威、马尔克斯、博尔赫斯、普鲁斯特、卡夫卡……

郝炜那时已在一些名刊上发表小说，他的构思灵巧，文字诗情画意、清新优美，且出手又快，在格子纸上一遍成稿，干净利索，让我和亦辉由衷佩服。

郝炜待朋友真诚宽厚，对家庭担当慈爱，实为做人之楷模。嫂子那时候在淮大（现淮海工学院）上班，离家路途较远，路边皆荒滩野地，郝炜便天天骑着自行车接送她。两人亲亲然如热恋初婚。郝炜的小内弟，随姐姐一家来连云港。郝炜对他关爱备至，费尽周折，给他找工作上班，其殷殷之情，让人赞叹！

与我们交谈时，郝炜常常流露出浓浓的思乡之情。他说他的根在东北，他的创作之源在东北，总有一天，他还要回家乡去。没想到，这一天来得太快，1988年秋天，他就带着家人迁回了吉林。

郝炜离开连云港后，我和亦辉的失落感持续了很长一段时间。有一次，我跟亦辉说，我在街上看到一个人，长得很像郝炜。亦辉说，是有这么个人，我也看到过，好像就住在南小区这一带。于是两人约好，傍晚时分，在南小区的西边路口，专门等那个人出现。还真让我们等到了，那个人来了，个头不高，脑袋不小，大脑门儿，戴眼镜儿……这些与郝炜的特征基本一致。但这个人当然不是郝炜，他的脸上没有那种眯眯的微笑，亦辉说的"弥陀佛一样的微笑"。面相由心生，那种微笑是内心世界的自然流露，只属于我们的郝大哥！

一去十年，十年沉寂。1998 年前后，郝炜的名字突然在大江南北、长城内外遍地开花，他的中短篇小说在《人民文学》《北京文学》《青年文学》《作家》等大刊频频亮相，并入选《小说选刊》《小说月报》及各种年选，把小伙伴们一下子惊呆了。一时间，我和惊涛、亦辉等文友常拿着载有郝炜新作的刊物奔走相告、津津乐道，我们为有这样一个朋友感到自豪和骄傲。

2001 年冬，我到黑龙江省牡丹江市出差，虽时间紧张，但我知道这是个机会，我要想办法去一趟吉林，去看看分别十三年的郝大哥。

因为事先有诸多不确定因素，我没有提前告诉郝炜，就坐上火车，从牡丹江、延吉、敦化一线，到达吉林市。我直奔《江城日报》社，突然出现在郝炜面前。

我们惊喜，我们相拥，我们感叹，我们的眼里闪着泪花。郝炜没有变，我们的友谊没有变，十三年未见，兄弟情深仿佛昨天！我在吉林住了两天，郝炜带我去松花江边看雾凇，去丰满水库看水墨画般的远山雪景，去向阳屯吃东北大餐……

我们自然还聊到他的小说。他告诉我，他的小说创作正处于一个高峰期，但单位这时候突然给他压了担子，让他担任广告中心的主任。这是个重担子，事关单位的经济命脉，任务艰巨，小说的写作只得放一放了。我说，这太可惜了呀，你差一步就大红大紫了，这个时候做这个主任干吗？他笑笑说，小说啥时候拾起来都能写的，人家领导看得起咱，信任咱，又是以前的老上级，待咱不薄，你说我能撂挑子？再说咱也要证明一下自己，不光能写小说，经济方面也照样搞得好！

我想是的，不管干什么，只要是郝炜认准的事，他一定会干得出众，干得精彩！

岁月匆匆，一晃又过了七八年。这些年，我虽然以写纪实稿件谋生，但对国内主要文学期刊的关注从没有断过，我一直没有看到郝炜的名字。难道他做了广告主任，就再也不写小说了？不会的！我知道，对文学的热爱已经渗入他的骨髓、他的生命，他又写得那么好，他一定不会放弃的。

果然，到了 2009 年，我在《人民文学》上一下子看到他的两个短篇《卖果》和《盘鹰》，宝刀不老，出手不凡啊！接着，又在《上海文学》《作家》《山花》等多家刊物上看到他的小说，比当年显得更加沉着和老练。记得我当时正好和陈武去杭州找惊涛、亦辉，我们不约而同地谈起郝炜，我们感觉到他的创作高峰期再次来临，而且如火山爆发，可能冲击全国最高奖项。

感谢网络，让我们的联系变得方便快捷。2011 年初，郝炜的散文集《酿葡萄酒的心情》在网上热销，并由此引出"轻散文"这一概念。我上网一搜，看到他的新浪博客，赶紧加为好友，于是他的最新动态，就都在我的眼皮底下了。我还经常翻阅他往日的博文，那些精彩的小说和散文，让我如食甘饴，如品佳茗。

不久，我从博客上得知他携嫂子到深圳、香港等地旅游，回来时还去了杭州，受到惊涛和亦辉的盛情接待。我甚感遗憾，发了个信息，问他怎么不到连云港来看看。他回我信息道：你嫂子没钱啦，我们也打算去看看你的，可是把钱花光了，苏杭的丝绸太好了，你嫂子买了衣服围巾又买被褥（给宝贝儿子），一下子花光了，哈哈。她说下次去，到时少不了给你添麻烦。

2012年底，我突然看到郝炜患脑出血的消息。好在他此时已出院，还写起"住院的经历"，想必治疗效果尚佳。我给他留言：没想到兄的身体出现如此状况！前些日子陈武说在济南开会见到你了，说起你的身体，我很忧心。之前在晶林（《连云港文学》编辑）处拿到你捎给我的两本书（《匿名》和《酿葡萄酒的心情》），我放在床头，都看完了，很喜欢。最近我在写一些小散文，正想把看书时的感想和对你的想念写一写。刚看到你的这个博文，心里酸酸的。千言万语，归结为一句话：兄多保重！明年开春去看你。

留言中提到的陈武说的情况，是他在济南《当代小说》开会时，与郝炜同住一室，得知郝炜身患糖尿病，需每天自己注射胰岛素。开会回来后，陈武把这事告诉我，我心里就特别牵挂。但糖尿病是慢性病，唯有期盼他平时多注意多保重了。

2013年3月，我到北京办点事情，打算从北京再乘车去吉林。临行前，我与住在松原市的刘放联系，他让我到了长春打电话给他，两人一起去看郝炜，他也好多年没见郝炜了。到北京后，我拨通了郝炜的电话。没想到巧了，这几天他正在北京给儿子搬家，我不用去吉林就能看到他了。

两人都很激动，约定第二天上午见面。那天郝炜早早地就到地铁口等我，我却从另一个地铁口出来，直奔他所在的小区大门口，岂料这小区另有大门，在另一条街上，我俩走岔道了，来回折腾了个把小时才见上面。

看到大病初愈的兄长说话、动作还有些迟缓，我握住他的手，潸然落泪。郝炜的眼圈也红了，拍拍我的手说，没关系，脑袋没受影响，好使着呢，小说还照写。

中午他请我到酒店吃饭，两人还喝了点啤酒。分别时，他执意送我到地铁口，直到我走远，在拐角处回望，他还朝我挥手示意。

后来，他在博客里给我留言：哥们，北京一面我也很激动，我眼巴巴地看着你走进地铁站，直到看不见你的身影还在望。时间越久，怀念越长。

没想到，这一次见面，竟成永诀！

2014 年一开年，看到的都是喜事，他的长篇小说《匿名》获吉林省政府长白山文艺奖，《过着别人的日子》在作家社出版发行，中篇小说《磐石往事》在《人民文学》第 3 期发表。我正充满期待，去品读他的大作，却传来他生命垂危的噩讯！

我祈求苍天开眼，奇迹降临，让他逃过此劫。我给惊涛、刘放发信息，愿朋友们一起为他祈祷。但噩耗还是传来：3 月

22 日凌晨，郝炜的心脏停止了跳动。

再也见不到你了，我敬爱的兄长！我泪水长流，向着遥远的北方跪拜！

斯人已逝，但他美好的文字长留人间！